남자의 여행

비우려고 떠나서 채우고 돌아오다

디스커버리미디어

남자의 여행

비우려고 떠나서 채우고 돌아오다

글·유명종 | 그림·이종송 | 사진·전성영

초판 1쇄 발행일 2012년 7월 20일

발행인 | 유명종
편 집 | 이지혜
디자인 | 이다혜
조 판 | 현프린테크
용 지 | 화인페이퍼
인 쇄 | 독일인쇄

발 행 처 | 디스커버리미디어
출판등록 | 제 300-2010-44(2004. 02. 11)
주   소 | 서울시 종로구 내수동 72 경희궁의 아침 3단지 오피스텔 431호
전   화 | 02-587-5558
팩   스 | 02-588-5558
홈페이지 | www.discovery-books.net

ISBN 978-89-969116-1-6

남자의 여행

비우려고 떠나서 채우고 돌아오다

글 · 유명종 | 그림 · 이종송 | 사진 · 전성영

디스커버리미디어

'나'에게 생각의 시간을 주자

15년 동안 잡지를 만들고 나자 어느덧 마흔에 접어들어 있었다. 그리고 나는, 지쳐 있었다. 비염을 얻었고, 툭하면 감기에 걸렸다. 아직 젊었으므로 몸은 그런대로 견딜만했다. 문제는 마음이었다. 아름답고 따뜻한 숲을 꿈꾸었으나 되돌아보니 정작 가슴에 들어찬 건 꽃과 나무가 아니라 세한歲寒의 마른 들판이었다. 놀라울 정도로 스스로에게 무관심했음을, 뒤늦게 깨달았다.

나에게 필요한 건 유월의 숲 같은 순결한 휴식과 '잠재된 나'를 온전히 만날 수 있는 자유, 그리고 잃어버린 칠정의 감정을 되살리는 일이었다. 잘라 말하면, '꿈'이 존재하는 지속 가능한 삶을 발견하는 것이었다. 그 즈음 여행을 시작했다. 동행이 있었다. 화가 이종송과 사진가 전성영. 한 사람은 그림의 변화를 고민하고 있었고, 또 한 사람은 1년 동안 놓았던 카메라를 다시 잡은 직후였다. 하는 일이 조금 다를 뿐 셋은 하나같이 새로운 인생을 모색하고 있던 시기였다. 2006년부터 우리는 역마살을 긍정하며 6년 남짓 북으로 남으로 길을 떠났다. 대부분 함께 했으나 혼자 떠나는 일도 종종 있었다. 여행

에세이를 쓰기 시작하면서 혼자서 옛 여행지로 다시 떠나는 일이 많아졌다. 혼자 지내는 일은 언제나 힘들다. 외롭고 쓸쓸하고 고독하다. 그러나 여행, 그중에서도 걷거나 산책을 할 때는 대부분 예외였다. 그것은 '나'와 대화를 나누는 일이었고, 모든 감각 기관을 동원하여 자연과 세계를 만나는 일이었다. 시간과 장소를 온전히 향유하는 것이었고, 장소가 주는 고유한 느낌이나 이야기 그리고 예기치 않은 감동과 미학을 경험하는 일이었다. 루소의 언어로 말하자면, 글을 쓸 때를 제외하고 여행을 할 때만큼 많은 생각을 한 적이 없었다. 산책을 할 때처럼 충만한 존재감을 느낀 적이 드물었다. 여행은 휴식이었고, 대화이자 사유였고, 칠정의 감정을 순수하게 경험하는 희열의 순례였다.

6년 동안의 긴 여행에서 많은 것을 얻었다. 앞서 산 사람들의 꿈을 보았고, 관용과 공존과 연대의 온화한 아름다움을 경험했다. 일탈과 파격의 미학을 체험했고, 아름다운 삶이란 무엇인지 가슴 깊이 새기게 되었다. 그리고 무엇보다 '나'와 대면하여 순결한 대화를 나눌 수 있었고, 지속 가능한 삶의 지평을 새롭게 발견했다. 많은 것을 채우고 돌아온 행복한 시간이었다. 여행은 즐거웠으나 장소성의 상실, 부처에서 멀어지는 불교, 그리고 자연의 생채기를 지켜보는 일은 괴로웠다. 어느 절은 갈 때마다 성형을 하여 뭇 여행자의 여행의 기억을 애써 지우고 있었고, 어느 절은 심하다 싶을 만큼 기복을 팔고 있었다. 자연을 괴롭히는 인위의 폭력도 목불인견이었다. 특히, 4대강 사업의 후과가, 나는 두렵다. 그곳에 자연은 없었다. 강은, 틀림없이 자연과 순리의 이름으로 우리를 역습할 것이다. 강도, 사람도 '상선약수'로 돌아가야 한다.

이 책은 그동안 여행한 장소 중에서 절 이야기만 따로 모은 것이다. 솔직히 말하면 그러나 이 글이 절에 관한 이야기는 아니다. 그보다는 오히려 불혹을 살며 한 남자가 느낀 감성의 고백이자 사유의 기록이다. 내용이 꼭 일치하지 않지만 느낌이 많은 글을 '남자의 눈물'로, 사유가 더 담긴 글을 '남자의 생각'으로 묶었다.

이종송과 전성영 두 동행이 없었다면 이 책은 존재할 수 없었다. 내내 행복한 동행이었다. 글뿐만 아니라 두 작가의 그림과 사진에도 깊은 관심 가져 주시길 기원한다. 우리는 간혹 지인을 초청하여 함께 여행을 떠나기도 했다. 빛뜰갤러리의 윤성구 대표와 최성숙 관장, 박영림 이사, 입체 예술가 엄상섭, 서정배 작가와 김가을 작가, 이보경 전시 기획자가 있어서 여행의 표정이 더욱 풍부해졌다. 두루 감사의 인사를 드린다. 언제나 시적 영감을 주는 첫 번째 독자 이지혜와 막 청춘의 터널로 들어선 두 번째 독자 유희재는 나의 든든한 후원자이다. 아내와 딸에게 깊은 고마움을 전한다.

2012년 여름
광화문에서 유명종

목차

지은이의 말

남자의
눈물

남자의
생각

남자의 눈물

적을수록 많은 것이다
망해사

망해사_전라북도 김제시 진봉면에 있는 작은 절이다. 고산 윤선도가 이곳에 들렀다가 풍경에 반해 〈망해사〉라는 시를 남겼다. 절 이름처럼 바다와 맞닿아 있었으나 지금은 새만금 방조제 때문에 바다 같은 호수를 바라보고 있다. 국내 유일의 지평선 들판인 만경평야와 광염 소나타 같은 일몰이 무척 아름답다. 백제 때인 642년에 부설거사가 처음 절을 지었다고 전해지나 확실하지는 않다. 일부에서는 부설거사를 원효, 의상과 더불어 도통한 3대 고승으로 치기도 한다. 진묵대사도 망해사와 인연이 깊다. 그는 세상만사에 너무 집착하지 말고 살라는 뜻을 담은 팔죽시八竹詩를 남겼다. "이런 대로 저런 대로 되어가는 대로此竹彼竹化去竹, 바람 부는 대로 물결치는 대로 風打之竹浪打竹……. 여기서 竹자는 '대나무'가 아니라 시에 나오는 '대로'를 뜻한다. 진묵대사는 같은 시대를 산 사명대사에 비견되는 선승이다.

만경읍을 벗어나자, 태초에 하늘이 열리듯 시야가 툭 터졌다.

끝없이 펼쳐진 보리밭. 5월의 만경평야는 벌판이 아니라 차라리 푸른 바다다. 밋밋한 야산 하나 보이지 않는다. 그야말로 망망대해다. 아득히 먼 곳, 하늘과 땅이 마치 칠석 날의 견우직녀처럼 알몸을 맞대고 오매불망 붙어 있다. 누구나, 망해사로 가려면 바다 같은 저 푸른 들판을 건너야 한다. 바람이 분다. 바람이 불자, 땅과 하늘의 푸른 기운이 청보리 파도를 타고 바람보다 먼저 달려온다. 나는 눈을 감고 영화를 찍는 배우처럼 두 팔을 벌린 채 만경들판이 품은 고금의 기억과 소리와 향기를 온몸으로 받아들였다. 이윽고 내 몸과 영혼이 푸르게 물들었다.

만경들판을 보지 않고 누가 한국을 보았다 하겠는가? 저 지평의 풍경을 보지 않고, 저 벌판의 소리를 듣지 않고, 저 대지의 향기를 맡지 않고 어떻게 대한민국을 보았다고 말할 수 있겠는가? 하늘 끝까지 달리는 만경들판은 한편의 서사시이다.

"한바탕 통곡하기 좋은 곳이로구나!"

연암 박지원은 요동을 지나며 이렇게 외쳤다. 나에게는 만경벌이 그렇다. 이곳은 한때 마한 땅이었고, 또 한때는 백제 땅이었다. 당나라 말발굽 소리가 천지를 울렸고, 그 다음에는 신라가 차지했다. 미륵이 이곳에서 나왔고, 녹두장군 전봉준이 해진 짚신을 신고 눈 내리는 만경들을 건너갔다. 일본 형사에게 쫓기던 백범은 모내기 철 농부가를 들으며 김제 만경을 지나갔다. 그리고 일제강점기, 봄부터 가을까지 밀 · 보리 · 쌀 · 콩을 실어 나르는 수탈의 수레 소리와 트럭 소리가 낮과 밤 가리지 않고 길게 이어졌다. 박지원의 고백대로 눈물이 유독 슬퍼서만 나오는 것은 아니다. 나는, 하늘이 열리는 감격에 겨워 울고, 청보리 푸른 기운이 기쁘고 서러워 운다. 들판으로 쏟아지는 햇볕이 아름다워 울컥해지고, 저 땅이 너무 사랑스러워 눈물이 난다. 미륵과 전봉준과 김구를 떠올리면 눈물이 나고, 대지의 속살 깊숙이 스며든 민초들의 지문 같은 한을 생각하면 가슴 밑바닥에서 감정 덩어리가 뭉클뭉클 올라온다. 그리고 마지막에는 기쁘고 슬프고 한스럽고 사랑스러운 온갖 칠정의 서정이 한데 어우러져서 감정의 둑이 터진 것처럼 또 눈물이 나온다.

대지의 바다를 건너면 또 하나의 바다, 서해가 나온다. 물의 바다다.
망해사는, 작은 언덕 같으나 이곳에서는 굳이 산이라고 부르는 진봉 자락에 숨어 있다. 절은 산을 등진 채 연인을 바라보듯 사시사철 물의 바다를 바라보고 있다.
진봉산. 망해사를 품은 산이다. 생김새가 봉황을 닮았다고 해서 이렇듯 거창한 이름을 얻었지만, 사실은 가장 높은 곳이 고작 해발 72미터이다. 강원도나 경상도에 가면 산 축에 끼지도 못할 위인이다. 그러나 산이 워낙 귀한 탓에 김제 만경에서는 정승 집 3대 독자처럼 융숭한 대접을 받는다. 대동여지도와 《신증동국여지승람》에도 기록이 나온다. 무엇이든 흔하면 제대로 대접받지 못하는 게 세상 인심이다.
망해사 진입로는 진봉산 능선을 따라 나 있다. 능선 양쪽엔 민가 몇 채가 소

청보리밭이 아득히 펼쳐진 김제 만경평야. 우리나라에서 유일하게 지평선을 볼 수 있는 곳이다.

망해사 진입로에 겹벚꽃이 활짝 피었다. 무소유의 절로
가는 길이라 하기엔 꽃이 너무 화려하고 매혹적이다.

남자의 여행,
비우려고 떠나서
채우고 돌아오다

담스럽게 자리를 틀었다. 곱고 부드러운 산세 때문일까? 마을엔 여느 곳에서 느낄 수 없는 운치와 정겨움이 은근하게 흐른다. 왠지 이 마을엔 여유와 풍류를 아는 사람들이 살 것 같다.

호젓하고 운치 있기는 능선 길도 마찬가지다. 진입로 양편으로는 기품과 운율이 적당히 넘치는 소나무가 죽 늘어서 있다. 일정한 질서가 있는 것 같지만 자세히 보면 각자의 심성대로 자유롭게 자라고 있다. 나이 마흔을 넘기면 저만큼의 지성과 여유는 있어야 하지 않을까? 아주 잠깐, 내 삶도 저 소나무 같았으면 좋겠다는 생각을 했다.

한 200미터쯤 들어왔을까? 갑자기, 눈앞이 환해진다. 길은 지금까지와 전혀 다른 풍경을 보여주고 있다. 사방은 온통 분홍빛이다. 겹벚꽃이 터널을 만들어 숲길을 밝게 물들이고 있다. 나는 더 전진하지 못하고 걸음을 멈췄다. 꽃은, 지금 절정이다. 청춘의 붉은 입술 같다. 절로 가는 길이 왜 이리도 색정적인가. 산책을 나왔다가 길을 잘못 찾아 홍등가로 들어선 기분이다. 석가모니가 시험이라도 하려는 것인가. 나는 빠져나간 넋을 수습하여 분홍 꽃길을 겨우 빠져 나왔다.

절을 찾아 나섰으나 절집은 보이지 않고 바다 냄새가 먼저 달려든다. 비릿하고 싱싱한 서해의 체취. 그 뒤를 따라 파도 소리 다가오고, 조금 있다가 뭍을 향한 그리움 참지 못하고 다시 다가온다.

"적을수록 많은 것이다."
현대 건축의 첫 장을 연 독일의 건축가 루드비히 미스 반 데어 로에는 자신

망해사, 31cm×46cm, 흙벽화 기법에 천연 안료, 2010

의 합리주의 건축 철학을 이렇게 표현했다. 고전주의 건축에서 벗어나려는 출사표 같은 이 말은 그러나 엉뚱하게도 동양의 망해사에서 구현되고 있다. 망해사는 우아하지 않다. 아담하고, 단순하다. 절집이라고 해봐야 고작 서너 채이고, 극락전을 제외하면 당우가 이래도 되나 싶을 만큼 간결하다. 사찰 특유의 권위나 장식성이 보이지 않는다. 불교 사원이 아니라 바닷가 고향집에 와 있는 것 같은 기분마저 든다.

남자의 여행,
비우려고 떠나서
채우고 돌아오다

그뿐이 아니다. 망해사는 질서도 버렸다. 본전을 비롯한 네 개의 건물이 사방에서 마당을 감싸는 게 사찰의 일반적인 구조인데 망해사는 이런 형식에서 벗어나 있다. 일부러 불교 건축 문법을 따르지 않은 것처럼 건물이 여기저기 흩어져 자유방임적으로 앉아 있다. 마당도 네모 모양이 아니다. 전라도 식으로 이야기하면 어떤 형식을 갖추었다고 말하기 참 '거시기'하다. 절집은 작고, 장식은 적고, 게다가 규범까지 따르지 않아 비정형의 구조가 되었지만, 그래서 오히려 망해사는 더 많은 것을 얻었다. 권위를 멀리하여 소박함을 얻었고, 장식을 버려서 간결미를 완성했다. 그리고 형식을 외면하는 대신 아름다운 바다를 얻었다. 버리는 것이 얻는 것이라고 했던가. 나는 조촐한 망해사에서 정겨움과 단순미를 본다. 두서가 없는 구조에서 일탈의 아름다움을 본다. 그리고……, 자유를 읽는다.

건축은 기능만큼이나 표정도 중요하다. 건축은 그 안에 고유한 감성과 이야기를 품고 있을 때 비로소 구조물로서의 건축을 뛰어넘는다. 망해사에서 독특한 서정을 품은 건물을 꼽으라면 나는 낙서전을 맨 앞자리에 놓겠다. 서해를 즐기는 집. 이름부터 특별하다. 대웅전이니, 무량수전이니, 극락전이니 하는 건물에 비하면 이름이 얼마나 비권위적인가. 불교 냄새를 쏙 뺀 이름은 또 얼마나 시적인가. 낙서전은 팔작지붕이지만 화려하지 않다. 단청은 바닷바람에 다 바래서 보일락말락 한다. 주초는 다듬지 않은 덤벙주초이고, 주초를 딛고 선 기둥과 지붕을 받치는 서까래는 제멋대로 생겼다. 요모조모 뜯어봐도 낙서전은 절 건축 같지 않다. 세월의 흔적이 묻어나는 살림집 같고, 자연을 즐기려고 지은 정자 같다. 기교와 장식은 약하되 그보다 더 특별한 자연미를 흠뻑 머금고 있다.

낙서전은 스스로를 소외시키고 있다. 망해사 자체가 이미 외진데 그 와중에 낙서전은 중심에서 한 번 더 비켜서 있다. 이것만으로도 부족했을까? 아예 울타리를 쳐 또 한 번 저를 소외시킨다. 일편단심 바다만 사랑하겠다는 듯이, 그게 제 운명이라는 듯이 땅끝에 쪼그리고 앉아 봄 여름 가을 겨울 서해만 바라보고 있다. 나는 낙서전에서 불교를 보지 못했다. 부처의 집에서 한 번도 부처를 느끼지 못했다.

청조헌도 마찬가지다. 파도 소리를 듣는 집. 법문이 아니라, 목탁 소리가 아니라, 밤낮없이 고집스럽게 파도 소리만 듣겠다는 저 집은 또 얼마나 비불교적인지. 정형화된 불교 건축에, 그리고 뼛속까지 불교적인 건물 이름에 은근히 시위라도 하는 것 같은 낙서전과 청조헌. 나는 망해사에서 부처가 아니라 노자와 장자의 그림자를 본다. 노장의 얼굴을 한 망해사는 아무래도 무위의 집이다.

일찍이 윤선도 이 점을 간파했다. 그는 망해사에 왔다가 눈앞으로 펼쳐지는 아름다운 풍경에 그만 정신을 빼앗겼다. 망해사는 윤선도의 넋을 빼앗는 대신 그의 가슴에 오래도록 지워지지 않을 시 한 수를 새겨 놓았다.

문을 열면/모두 잃겠네/주인은 목탁을 잃고/석가모니는 중생을 잃고/나는 나를 잃고
_윤선도의 〈망해사〉 중에서

망해사의 요사채 낙서전. 서해를 즐기는 집이라는 뜻이다. 사찰의 당우 이름이라기보다는 무슨 정자 이름 같다.

진봉산 꼭대기 낙조대에 올랐다. 서쪽은 바다이고, 동쪽은 만경들판이다. 그러니까 진봉은 땅의 바다와 물의 바다 그 사이에 있는 섬이다. 대지의 바다를 본다. 푸른 보리밭이 끝없이 펼쳐진다. 땅도, 하늘도 다 푸르다. 이번에는 몸을 돌려 서해를 본다. 해가 막 바다로 떨어지고 있다. 태양의 각혈인가. 하늘은 지금 온통 광염 소나타이다. 그리고 파도. 파도는 누가 부르지 않는데도 뭍으로 달려온다. 이내 하얗게 부서지면서도 파도는 뭍에게 그의 생을 건다. 나는 인생에서 몇 번이나 저렇듯 초지일관했던가? 이상하게, 파도의 막무가내가 슬프다. 그리고 아름답다.

돌아오는 길에 낯익은 마을 이름을 발견했다. 갈전마을. 아마도 예전엔 주변이 갈대밭이었던 모양이다. 이곳은 내 친구의 고향이다. 대학교 신입생 때 의로움을 일관해서 추구하라는 뜻으로 할아버지가 이름을 지어주었다며 멋지게 자신을 소개하던 최일의의 고향이다. 그는 지금 대학에서 중문학을 가르치고 있다.

이십 몇 년 전, 내가 청춘이었을 때 처음 그의 고향을 방문했다. 두 분 중 한 분의 환갑잔치가 있었는데 내 기억이 정확하다면 최 교수 부친의 환갑이셨다. 이슬비가 내렸다는 것을 빼고는, 그래서 사방이 안개의 나라였다는 것을 빼고는, 그때가 초봄이었는지 늦가을이었는지 가물가물하다. 서울 아현동에서 손님을 싣고 출발하는 관광버스를 놓치는 바람에 부랴부랴 고속버스를 타고 김제에서 내려 물어물어 만경까지 찾아갔던 기억이 새록새록 떠오른다.

매양 들만 보고 자라서 산이 그리웠던 것일까? 그는 산 넘고 또 산을 넘어 강릉으로 갔다. 매양 광염 소나타 같은 일몰만 보고 자라서 일출이 그리웠던 것일까? 그래서 그는 해가 지는 서해에서 해 뜨는 동해로 넘어갔을까? 언젠가 그는 중국 고사를 인용하며 이렇게 말했다.

"친구를 만나면 술이 천 잔이라도 모자라다!"

문득, 그가 보고 싶다.

남자의 눈물, 그리고 동백
백련사

백련사_전남 강진군 도암면 만덕산에 있다. 800년대에 창건했다고 하나 확실한 기록은 없다. 예전 이름은 만덕사이다. 만 가지 덕을 쌓는 곳이라는 뜻이다. 절 앞은 아홉 군데 물길이 한 곳으로 모인다는 구강포이다. 구강포는 강진만의 옛 이름이다. 사찰로는 드물게 절 '寺' 대신 모일 '社'를 사용한다. 고려 무인정권 시절 타락한 불교를 혁신하기 위해 원묘국사 요세가 백련결사를 일으킨 것을 기리기 위해서다. 백련사의 절경은 봄이다. 초봄부터 4월까지 동백이 다투어 피고 지는데 그 모습이 슬프도록 아름답다. 수령이 500~800년 된 동백이 8천여 그루나 된다. 다산은 강진 유배시절 자주 백련사와 동백나무숲을 산책했다. 《신증동국여지승람》은 백련사에 대해 "온 골짜기가 소나무·잣나무이고, 가는 대·왕대와 동백나무가 어울려 사시가 하나같이 푸른빛이니 참으로 절경이다."라고 소개하고 있다.

1801년 어느 겨울 밤, 40대 초반의 두 선비가 나주 외곽 밤남정 주막집에 마주 앉아 있었다. 행색은 초라했으나 외모에서 풍기는 분위기는 더없이 지성적이었다. 둘은 대설 무렵 한양을 출발해 근 15일 동안 동행했다. 그들은 아무 말 없이 그윽한 눈빛으로 서로를 바라보고 있었다. 무슨 말을 해야할 것 같았으나 어디서부터 시작해야 할지 갈피를 잡을 수 없었다. 되돌아보면 남도행 700리는 눈물과 별리의 길이었다.

밤이 이슥할수록 찬바람이 더 세게 문풍지를 흔들었다. 이부자리를 펴고 누웠으나 온갖 상념이 꼬리에 꼬리를 물고 이어져 쉽사리 잠에 들 수 없었다. 날이 새면 재회를 기약할 수 없는 긴 이별을 해야 했다. 참담했다. 이른 새벽 두 사람은 누가 먼저랄 것도 없이 자리에서 일어나 앉았다. 긴 침묵이 흘렀다. 어느 순간, 말똥말똥 서로를 바라보던 눈빛이 동시에 흔들렸다. 이윽고 둘은 서로를 끌어안고 오열했다. 서럽고 안타깝고 가슴을 저미는 울음소리를 듣고는 문밖의 닭들이 갈라진 목소리로 뒤늦게 새벽을 알렸다.

다산 정약용과 그의 형 정약전. 같은 해(1783년) 과거 시험에 합격하여 앞서거니 뒤서거니 나라 일을 돌보았던 친구 같은 형제. 동생은 '왕의 남자'가 되었고, 형은 '천주의 남자'가 되었으나 사실은 그 일 때문에 반대파의 시기와 모진 핍박을 받은 두 사람. 형제의 이별이 이렇듯 슬프고 애절했던 것은 그 날이 귀양길의 마지막 밤이었던 까닭이다. 이른 아침, 동생은 남도끝 강진으로 길을 잡았고, 형은 절해고도 흑산도로 떠났다. 다산은 그때의 애통한 심정을 절절한 시로 남겼다.

초가 주막 새벽 등불 푸르스름하게 꺼지려 하는데 / 일어나 샛별을 보니 이 별할 일 참담해라 / 두 눈만 말똥말똥 둘 다 할 말을 잃었네 / 애써 목청을 다 듬었으나 오열만 터져 나오네

_〈밤남정 이별〉

그리고는 끝이었다. 둘은 삭풍이 몰아치던 겨울 나주 주막에서 이별한 뒤 생전에 다시는 만나지 못했다. 헤어진 지 16년이 지난 뒤 정약전은 그만 귀양지에서 병을 얻어 우리나라 최초의 어류 연구서인 《자산어보》를 유언처럼 남겨놓고 조용히 숨을 거두었다. 뒤늦게 형의 부음을 들은 정약용은 "밤남정에서의 이별이 끝내는 영원한 이별이 되었다."며 비탄에 젖어 목놓아 울었다.

정약용의 시대는 정조 생전과 사후로 나뉜다. 정조 생전은 영광의 시기였고, 사후는 슬픔의 시절이었다. 정조 생전에 그는 '왕의 남자'였다. 정조는 늘 다산을 곁에 두었다. 조당, 정전, 규장각, 수원 화성……. 임금 옆에는 그림자처럼 다산이 있었다. 1800년 여름, 그러나 정조가 죽자 폭풍처럼, 번개처럼, 역병처럼 어둠이 찾아왔다. 다산은 1801년 신유박해(정조의 정책에 주로 반대했던 벽파가 청나라 신부 주문모를 비롯해 천주교 신자를 처형하고 천주교에 호의적인 시파를 탄압한 사건) 때 셋째 형 약종과 매부 이승훈을 잃었다. 다행히 죽음은 피했으나 그 자신도 경상도 장기로 귀양을 가는 신세가 되었다. 벽파는 이 일을 계기로 북한의 오호담당제와 비슷한 제도까지 만들었다. 몇 개월 뒤에는 황사영 백서 사건(1801년 천주교 신자

백련사, 31cm x 39cm, 흙벽화 기법에 천연 안료, 2010

남자의 여행,
비우려고 떠나서
채우고 돌아오다

황사영이 신유박해의 내용과 대응 방안을 적어 중국 베이징의 구베아 주교에게 보내려고 한 밀서이다. 흰 비단에 글을 적었으므로 '백서'라고 부른다.)이 터졌다. 벽파는 시파와 천주교의 씨를 말리겠다는 듯 달려들었다. 벽파의 칼날 중 하나는 정확히 정약용을 겨누고 있었다. 벽파는 그를 다시 전라도 벽지 강진으로 내쫓았다. 언제 끝날지 모르는 어둠의 시절이 그렇게 시작되고 있었다.

다산은 강진에서 18년을 보냈다. 삭탈관직 당하고도 며칠 만에 다시 정계로 복귀하는 예가 흔했던 조선의 정치 현실을 감안하면 18년은 너무 긴 세월이었다. 자신의 정치를 완성할 시기인 40~50대의 대부분을 귀양살이로 보낸 것이니, 다산에게는 참으로 긴 빙하의 나날이었다.
동문 밖 주막, 고성사 보은산방, 만덕산 백련사, 그리고 귤동의 다산초당. 정약용은 강진 땅 곳곳에 깊은 발자국을 남겼다. 그중에서도 정약용의 흔적이 산처럼 쌓인 곳은 다산초당이다. 그는 다산초당에 머무는 동안 수많은 시와 《경세유표》, 《목민심서》 등 역사에 빛나는 저술, 그리고 불교와 유학과 자연과 사람에 관한 다양한 이야기를 우리에게 물려주었다. 나는 다산초당에 갈 때마다 학문과 예술은 혼자서도 성을 쌓을 수 있음을, 혼자서도 세계와 우주를 만들 수 있음을, 새삼 깨닫는다.
나는 그러나 다산초당보다는 그 옆에 있는 백련사를 더 좋아한다. 그곳엔 정약용 말고도 동백과 혜장선사가 있는 까닭이다. 유배객의 영혼을 달래주던 선홍빛 동백과, 불교와 유학을 넘나들며 깊게 교유한 다산과 혜장의 화

바닥에 떨어진 동백꽃. 매년 봄이면 각혈 같은 꽃잎이 툭툭 떨어져 땅바닥을 선홍빛으로 물들인다.

엄의 통섭이 아름답게 피어나는 곳인 까닭이다.

'흰 연꽃'이라는 순결한 이름을 가졌으나 백련사엔 '백련'이 없다. 그 대신 겨울을 용케 이겨내고 붉은 꽃을 피우는, 백련보다 더 아름다운 동백이 있다. 여수 오동도, 고창 선운사, 구례 화엄사, 서천의 마량리까지, 충청도와 남도 곳곳이 동백나무 숲이지만 지금까지 백련사만한 곳을 보지 못했다. 동백나무 숲은 주차장부터 사찰 코앞까지 이어진다. 특히 절 왼편에 있는 동백 숲이 압권이다. 사적비를 지나 허물어진 옛 토성을 넘으면 이윽고 고목 같은 동백나무가 빽빽이 숲을 이루고 있다. 군데군데 주인을 알 수 없는 부도가 낮은 자세로 서 있는데, 꽃잎이 툭툭 떨어져 땅바닥을 처연한 선홍빛으로 물들이는 광경을 보고 있노라면, 삶과 죽음에 대한 서정이 한꺼번에 올라와 울컥 눈물이 난다.

동백 숲에서 다산초당까지는 800미터. 산을 조금 오른 후 능선으로 난 오솔길을 걷다보면 이윽고 초당이다. 다산은 백련사를 찾을 때마다 이 숲을 지났다. 다산은 동백꽃 분분한 숲을 지나며 자신의 삶을 반추하지 않았을까? 붉은 꽃봉오리를 보고 '왕의 남자' 시절을 떠올리고, 봉오리가 통째로 떨어지는, 그러나 한 치의 흐트러짐도 없는 모습이 오히려 연민을 일으키는 낙화에서, 유배객이 된 자신을 보지 않았을까? 그래서 그는 아직도 더러 붉은 꽃이 보이는 늦봄, 몇 송이 남지 않은 동백이 떨어질까 염려되어 바람을 막을 비단 장막이라도 치고 싶다고 노래하지 않았을까?

몇 해 전, 백련사 동백 숲 그늘에 앉아 다산을 생각했다. 내면에 알알이 맺힌 슬픔을 운명처럼 보듬고 살았을 유배객의 마음을 조용히 헤아려 보았다. 다산의 인생을 은유하듯 환하게 피었다가 처연하게 지는 붉은 동백을, 오래도록 지켜보았다. 괴테의 젊은 베르트르가 로테가 머문 공간과 그녀에게서 받은 물건을 보면서 깊은 그리움에 빠지듯이 나는 다산이 걷고 머물던 동백나무 숲에서 한동안 선연한 아픔을 느꼈다.

동백꽃에서 슬픔을 읽은 건 아마도 그 무렵부터였을 것이다. 바람이 몹시 심했던 그해 봄날 이후 동백꽃을 생각하면 나도 모르게 슬픔에 젖는다. 어떤 감각적인 비애, 전 생애를 걸고 피어올린 절절한 생명의 비애를 느낀다. 바람을 모으고, 비를 부르고, 뼈마디가 아프도록 온몸을 바쳐 붉은 봉오리를 터뜨리는 동백을 보고 있으면……, 그러나 봄날의 환희도 잠시, 눈곱만큼의 망설임도 없이 몸을 던져 짧은 생의 절정을 스스로 정의하는 동백을 보고 있으면 나는 필설로 형용하기 힘든 슬픔에 빠져든다.

벼랑에 핀 동백
스스로 몸을 던졌다.

푸른 나무에서
핏덩어리
뚝뚝 떨어진다.

제 목을 자른 동백
지금

강진의 백련사 전경. 2백 년 전 다산 정약용과
혜장선사가 이 절에서 깊은 우정을 나누었다.

남자의 여행,
비우려고 떠나서
채우고 돌아오다

절정이다.

_유명종 〈투신 2〉

연민은 누군가의 슬픔과 고뇌를 자기화 할 때 내면에서 저절로 피어오르는 감정이다. 그러므로 연민은 정서의 연대감이 없다면 우러나올 수 없다. 그렇다면 나는, 다산을 그리워하는 것인가? 그렇다. 연민과 그리움을 동시에 느낀다. 그러므로 나에게 백련사 동백나무 숲은 다산을 떠올리게 해주는 환기의 공간이며 환유의 숲이다. 봄이 되면 남도 7백리를 달려 백련사로 간다. 누군가에게 낙화는 봄철이면 일어나는 하나의 자연현상에 지나지 않을 수도 있다. 그러나 해마다 일상처럼 떨어지는 동백꽃이 나를 백련사로 끌어들인다. 이미 200년 전에 다산은 그곳을 떠났으나 동백나무 숲엔 지금도 그의 숨결이 머물고 있는 까닭이다. 다산이 느꼈던 외로움과 노여움과 그밖의 온갖 칠정의 감정이 붉은 주단처럼, 여전히 깔려있는 까닭이다. 백련사의 붉은 동백은 다산이고, 다산의 슬픔이다. 나에게는.

1805년 햇살 고운 봄날, 다산과 혜장은 백련사 마당에서 첫 대면을 했다. 둘은 얼굴만 보지 못했지 사실은 서로를 조금 알고 있었다. 다산은 일찍이 '왕의 남자'였고, 그런 그가 남도의 벽지까지 귀양을 왔으니 바람결에 회자되는 건 당연한 이치였다. 혜장은 세상 나이로는 다산보다 열 살이 어렸으나 30세에 이미 대종장大宗匠이 되어 불교학술대회를 주관하고, 해남 대둔사(지금의 대흥사)에서 100명이 넘는 제자를 가르친 선비 같은 승려였다.

때마침 혜장은 백련사에 머물고 있었는데(확실하지는 않지만 주지로 와 있었던 것 같다.) 소문으로 듣던 정약용을 한번 만나고 싶어 했다. 다산이 유명한 학자이자 정치가였던 까닭도 있었지만, 그 자신이 불경과 주역, 변려문(한문 수필 문체의 하나)에 재주가 있었으므로 내심 다산과 한번 겨뤄 보고 싶은 마음 또한 있었을 터였다.

혜장의 마음이 강진 읍내에서 귀양살이 하는 다산에게 전해졌다. 낙화 분분한 4월 17일 다산은 봄 소풍을 겸해 백련사로 길을 잡았다. 그는 짐짓 신분을 감춘 채 혜장을 만났다. 그를 시험해 볼 요량은 아니었으나 그의 내공을 알고 싶은 건 사실이었다. 혜장은 듣던 대로 거침이 없었다. 다산은 뒷날 혜장의 첫인상에 대해 "꾸밈이 없고 아첨하는 태도가 없었다. 아는 자는 이를 귀하다 여길 것이나, 모르는 자는 교만하다고 할 것이다."라고 말했다. 그들은 유학과 불학을 넘나들며 한나절 동안 제법 긴 대화를 나눴다. 어찌된 일인지 다산은 혜장과 헤어질 때까지 자신의 신분을 밝히지 않았다. 봄날의 만남은 그렇게 끝나는가 싶었다. 그러나 곧이어 2막이 시작된다. 땅거미가 질 무렵 혜장이 헐레벌떡 다산을 뒤따라온 것이다.

"공께서 어찌 이처럼 사람을 속이십니까? 정대부 선생이 아니십니까? 저는 밤낮으로 공을 사모하였는데 어찌 이러실 수가 있습니까?"

혜장은 다산에게 합장하며 백련사에서 하룻밤 묵고 가기를 간청했다. 다산은 그 길로 다시 백련사로 향했다. 바람이 따뜻했다. 다산은 혜장과 이런저런 이야기를 나누며 봄기운 완연한 들길을 걸었다. 그러다가 문득, 혜장과의 만남이 '운명'이라는 생각이 불현 듯 머리를 스쳐 지나갔다.

둘은 마치 오랜만에 만난 스승과 제자처럼, 혹은 나이를 뛰어넘은 친구처럼 서로에게 빠져들고 있었다. 공양을 하고, 차를 마시고, 잠자리에 들어서도 둘의 대화는 계속 이어졌다. 다산은 주로《시경》,《서경》,《역경》에 대해 이야기 하고, 혜장은《화엄경》,《능엄경》,《원각경》에 대해 말했다. 어느새 밤이 깊었다. 서쪽 창문에 밝은 달빛이 비추고 있었다. 둘은 베개를 나란히 하고 누워《주역》을 주제로 대화를 이어갔다. 그러다가 어느 순간, 혜장이 자리에서 벌떡 일어나 옷깃을 바로잡는 게 아닌가.

"산승의 20년《주역》공부가 모두 헛된 일이었습니다……. 우물 안 개구리와 초파리는 스스로 잘난 척 할 수 없는 것을! 더 가르쳐 주십시오."

봄밤의 긴 대화 이후 다산과 혜장은 유가와 불가를 떠나 서로를 존중하며 깊이 사귀었다. 같이 있으면 고담준론을 주고받거나 시를 써서 마음을 표현하고, 떨어져 있으면 그리움에 한달음에 달려갔다. 그리고 혜장이 백련사에서 해남 대둔사로 떠난 뒤로는 마치 사랑하는 사람이 연인을 그리듯 서로를 살갑게 그리워했다. 혜장이 차를 보내주면 다산은 시로 답례하고, 혜장이 승려의 삶을 회의하면 다산은 다시 편지로 위로하고……. 둘 사이에는 나이의 벽이 없었다. 당시로서는 물과 기름 같았던 유학과 불학의 벽도 그들은 훌쩍 뛰어넘었다. 유학자와 승려라는 신분의 경계도 장벽이 되지 못했다. 참으로 큰 만남이었고, 깊고 아름다운 통섭이었다.

화엄의 사귐은 그러나 6년 만에 막을 내렸다. 1811년 가을 혜장이 마흔의 나이에 세상을 뜨고만 것이다. 200년 전이라지만 마흔의 죽음은 아무리 생각해도 안타깝다. 혜장은 승려의 삶에 깊은 회의를 품었던 듯하다. 대둔사

백련사에서 바라 본 강진만. 강진만의 옛 이름은 구강포이다.
구강포는 아홉 개의 물줄기가 한곳으로 모이는 포구라는 뜻이다.

남자의 여행,
비우려고 떠나서
채우고 돌아오다

의 대강백으로 명성이 높았으나 승려들의 한학 실력이 낮아 석가모니의 삶 한 구절조차 익히게 할 수 없음을 한탄하며 홀로 슬퍼하곤 하였다. 그는 그 즈음부터 폭음으로 슬픔을 달래기 시작했다. 술만 취하면 맑은 눈물이 흐른다고, 다산에게 고백하기도 했다. 다음과 같은 그의 편지에는 이미 생을 반쯤 포기한 사람의 허무가 먹물처럼 짙게 배어 있다.

긴 날 할 일이 없어, 다만 꽃에게 물주고 대나무를 씻으며, 바위를 쓸고, 샘물을 끌어오노라니 어느덧 저녁 종이 웁니다. 저 신들메를 묶고서(신을 발에 끈으로 동여매고서) 배다리로 달려가 시장에서 장사하고 취해서 돌아오며 일곱 번 자빠졌다가 여덟 번 엎어지는 사람이 일찍이 선禪 아님이 없습니다. 바야흐로 거나하게 취해서 세상 일 보기를 터럭 끝 같이 보고, 천지를 가리켜 여관쯤으로 여기니, 이야말로 상승선上乘禪일 뿐입니다.
_다산에게 보낸 편지, 제5신

지천명을 살면서 다산은 참 많은 사별을 겪었다. 아홉 살 때 어머니를, 서른 한 살에 아버지를 여의었다. 1800년에는 마흔을 앞두고 그의 주군 정조를 떠나보냈고, 그 이듬해엔 셋째형 정약종과 조카 철상, 매부 이승훈, 스승이 었던 권철신과 이가환, 조카사위 황사영을 줄줄이 잃었다. 강진으로 유배 당한 이듬해인 1802년에는 겨우 네 살짜리 막내아들과 사별했고, 1807년 에는 흑산도에 귀양중인 형 정약전의 아들 학초가 죽었다. 참으로 모진 어둠의 나날이었으나, 그의 아픔은 여기서 끝나지 않는다. 이번에는 때로는

친형처럼 따르고 때로는 스승처럼 극진히 대해주던 유배지의 벗 혜장선사
마저 기어이 그의 곁을 떠나간 것이다.

소중한 사람들을 너무 많이 보낸 터여서 눈물이 마를 법도 하건만, 혜장을
잃은 슬픔은 그 어느 때보다 절절했다. 다산은 하늘이 혜장에게 준 나이가
너무 인색했음을 한탄하는 시를 짓고는 벗을 위해 그리움 가득한 묘비명
을 써내려갔다. 다산은 또 흑산도의 형에게 혜장의 죽음을 자세히 전하고
는 뒤이어 곡을 하듯 이렇게 말했다. "그가 죽을 무렵에는 혼잣말로 연신
'부질없다, 부질없다' 하였답니다." 혜장의 죽음을 애도하는 만시輓詩와 묘
비명과 곡소리 같은 편지로도 슬픔과 외로움을 다 달랠 수 없었던 것일까?
다산은 늦은 봄 혜장이 없는 백련사에 놀러갔다가 아직 남아 있는 몇 송이
동백을 보고는 유배객의 쓸쓸함을 독백처럼 내뱉는다.

"그나마 너희들은 벗이라도 있으니 참으로 부럽구나!"

희미한 옛사랑의 그림자
해인사

해인사_경남 합천 가야산에 있다. 802년 순응과 이정이라는 두 스님이 왕실의 도움을 받아 창건하였다. 의상(625~702)이 근본을 세운 화엄사상을 널리 알리기 위해 세운 사찰이다. 절 이름은 〈화엄경〉의 '해인삼매'라는 구절에서 따왔다. 해인삼매란 수정처럼 맑고 잔잔한 바다라는 뜻으로, 깨달음의 절대 경지를 비유적으로 표현한 말이다. 이 뜻에 기대어 풀이하면 해인사는 깨달음, 즉 부처의 지혜로 가득한 절이다. 해인사는 팔만대장경(국보 32호)을 소장하고 있는 법보사찰(부처의 말씀이나 경전을 모시고 있는 절)이니 실제로 부처의 지혜로 가득한 절이다. 팔만대장경은 세계 불교 경전 중에서 가장 중요하고 완벽한 경전이며, 대장경을 보관하고 있는 장경판전은 자연 환경을 최대한 활용한 보존 과학이 낳은 위대한 건축물이다. 1995년 세계문화유산으로 지정되었다. 해인사는 진성여왕과 위홍의 사랑을 상징하는 비로자나불에서 힌트를 얻어 매년 음력 7월 7일에 '비로자나 데이'라는 축제를 연다. 사찰에서는 여간해서 보기 힘든 사랑과 만남을 주제로 하는 축제이다.

"땅이 나를 끌어당긴다."

일본의 여행 작가 후지와라 신야는 인도의 매력을 이렇게 말했다.

어느 장소나 사람, 또는 예술 작품에 매료될 때는 그만한 이유가 있다. 후지와라는 자신을 불러들이는 인도의 힘을 '땅'에서 찾았다. 마찬가지로 나도 어떤 힘에 이끌려 해인사를 찾는다. 해인사는 불국사와 더불어 우리나라 사람들이 가장 소중하게 생각하는 절이다. 고려인들이 가슴으로 만든 팔만대장경이 있고, 세계문화유산인 장경판전이 있는 까닭이다. 어디 그뿐인가? 해인사는 의상의 화엄사상을 품은 절이고, 현대에 와서는 성철 스님이 선불교의 법맥을 이은 곳이다.

나를 끌어들이는 것은 그러나 해인사의 머리 위에 씌워진 권위가 아니다. 1200년을 헤아리는 긴 역사도 아니다. 오히려 나는 홍류동 계곡의 서사시 같은 소나무와 담백하면서도 기품이 느껴지는 일주문, 사람보다 먼저 절로 오르는 아름다운 길과 몇 백 년을 살다가 이제는 긴 휴식을 즐기는 고사목에 더 마음이 끌린다. 하지만 이마저도 나를 매혹시키지는 못한다. 내 영혼을 흔드는 것은 해인사의 외면이나 풍경이 아니라 이 절이 품은 곡절 깊은 감성이다. 삼촌을 사랑한 진성여왕의 비련이고, 신라를 사랑했으나 조국에게 버림받은 최치원의 슬픔이고, 대장경을 만든 고려 백성들의 순결한 비원이다. 시대도 다르고 성격도 동일하지 않지만, 그럼에도 가야산 구비마다 구름처럼 흐르고 꽃잎처럼 떠다니는 세 가지 빛깔의 사랑이, 자꾸 나를 해인사로 끌어당긴다.

약 1100년 전 여름, 제법 화려한 가마 하나가 홍류동 계곡을 오르고 있었다. 그곳엔 나이 지긋한 여인이 타고 있었다. 우아하고 더없이 매혹적이었지만 그녀의 표정은 어딘가 모르게 슬퍼 보였다. 계곡을 반쯤 올랐을 무렵 그녀는 이마에 맺힌 땀을 천천히 닦아내고는 아름드리 홍송과 깊어지는 녹음을 그윽한 눈빛으로 바라보았다. 공기는 상쾌했고, 계곡을 흐르는 물소리는 청량했다. 이만하면 세상 시름을 씻을 수 있을까? 그럴 수 있으면 얼마나 좋을까? 그녀는 서라벌에서의 시련을 떠올리며, 마음 속으로 혼자 묻고 혼자 답했다. 가마는 오른쪽으로 방향을 틀더니 아까보다 더 가파른 길을 오르기 시작했다. 해인사가 멀지 않았네. 그녀가 또 마음 속으로 말했다. 가마 속 여인의 이름은 김만, 신라의 세 번째 여왕 진성이었다. 887년 그녀는 아버지 경문왕과 두 오빠에 이어 51대 왕이 되었다. 아버지는 물론 여성을 포함한 3형제가 내리 왕위에 오른 것이니, 아마도 동서고금을 통틀어 이런 영예는 흔하지 않을 것이다. 그러나 진성의 행복은 딱 거기까지였다. 불행하게도 그녀의 시대는 혼란의 연대기였다.

진성은 둘째 오빠 정강왕의 유언에 따라 그의 뒤를 이어 임금이 되었다. 그러나 이듬해 초, 즉위식의 여운이 채 가시기도 전에 든든한 후원자이자 사랑하는 남자를 잃었다. 그로부터 한 달 뒤에는 여왕을 비방하는 벽서 사건이 일어났다. 이를 계기로 정부에 대한 불만과 저항이 지방과 중앙을 가리지 않고 한꺼번에 터져 나왔다. 전국 곳곳에서 납세 거부 운동이 일어났고, 경상도 상주에서는 호족이 난을 일으켰다. 전주에서는 견훤이 후백제를 건국했고, 얼마 후엔 궁예가 강원도 지방을 기반으로 신라를 위협하는 정치

해인사, 31cm×46cm, 흙벽화 기법에 천연 안료, 2012

남자의 여행,
비우려고 떠나서
채우고 돌아오다

세력으로 떠올랐다. 진성은 최치원이 마련한 개혁안을 바탕으로 정국을 안정시키려 하였으나 이번에는 중앙 귀족들이 들고 일어섰다. 사면초가였다. 실정에 대한 모든 비난의 화살이 진성에게 쏠렸다. 그리고 후세의 역사서도 유교를 무기 삼아 남존여비의 논리로 여왕을 비방하고 나섰다. 그러나 그녀에게도 억울한 측면이 있었다. 진성이 지존의 자리에 오른 9세기는 한 나라의 끝을 보여주는 시기였다. 8세기 말부터 서라벌은 왕권을 둘러싼 거듭되는 반란으로 피비린내가 진동하고 있었다. 진성이 왕이 되기 전까지 약 100년 동안 열 다섯 명의 왕이 바통 터치하듯 권력을 쥐었다 물러나기를 반복했다. 살해되거나 스스로 목숨을 끊은 왕도 여럿이었다. 당시 신라는 이미 기운 해였다. 진성은 바다로 떨어지는 해를 붙잡기 위해 무던히 애를 썼으나 그녀가 손에 받아 든 성과는 허무할 정도로 변변치 못했다. 진성은 무슨 결단을 내려야 한다고 생각했다. 결국 그녀는 만인지상의 자리에 오른 지 10년 만에(897년) 조카에게 왕위를 내주고는, 연인이 잠들어 있는 해인사로 쓸쓸히 발길을 돌렸다.

여왕이 되기 전부터, 진성에게는 사랑하는 사람이 있었다. 진성의 마음을 차지한 남자는 삼촌 위홍이었다. 위홍에게는 이미 부인이 있었는데, 설상가상으로 그 부인은 진성의 어릴 적 유모였다. 삼각관계, 그것도 삼촌을 사이에 두고 숙모와 사랑을 다투는, 요즘 언어로 표현하면 막장 드라마 같은 사랑이었다. 진성의 사랑은 그러나, 당시로서는 불륜도 아니었고, 폐기처분 해야 할 근친은 더욱 아니었다. 왕실에서는 특히 그러했다. 진흥왕의 부모는 삼촌과 조카 사이였으며, 선덕여왕도 삼촌과 결혼했다. 더욱이 선

초여름의 해인사 숲길. 1100여 년 전 진성여왕도 조카에게
왕위를 물려준 뒤 이 길을 지나 해인사로 향했다.

남자의 여행,
비우려고 떠나서
채우고 돌아오다

덕은 결혼하기 전에 김춘추(태종무열왕)의 아버지와 정을 통하기도 했다. 진성의 사랑은 당시보다 후세에 의해 무시당하고 웃음거리가 되었다. 고려의 김부식은 둘의 사랑을 간통으로 비하했고, 조선의 권근은 그녀의 행동을 음란하다고 나무랐다. 고려와 조선시대 기록에서 여왕에 대한 평가가 턱없이 인색하지만 진성에 대한 비판은 더욱 가혹하다. 신라 멸망의 근거를 여자인 진성에게서 찾으려는, 남존여비 사상에 물든 사내들의 비겁하고 불순한 의도가 숨겨진 까닭이다. 특히 《동국통감》은 진성을 왕으로 삼으라고 유언한 그의 오빠 정강왕까지 싸잡아 비난하고 있다.

조카와 삼촌의 사랑은 훗날의 시선으로 보면 패륜이었으나 신라 왕실에서는 오히려 근친혼을 장려하기까지 했다. 성골과 진골 중심으로 왕권을 세습하기 위한 방편이었다. 진성과 위홍의 사랑도 이 점을 떠나 설명하기란 쉽지 않다. 그럼에도 다른 근친혼과 진성의 그것 사이에는 큰 차이가 하나 있다. 사랑이다. 진성 이전의 근친이 권력 세습이 이유였다면, 진성과 위홍의 근친은 정치적인 배경에 애틋하고 순결한 사랑이 더해졌다. 진성의 사랑은 아름답고 감동적이지만 동시에 슬픈 영화처럼 비극적이다.

진성의 사랑이 비난과 징계의 대상에서 복권된 것은 그가 죽은 지 600년이 흐른 뒤이다. 1490년 해인사 비로전을 중창하기 위해 건물을 해체하는 과정에서 '매전장권'이라는 43폭짜리 글이 발견되었다. 매전장권이란 802년 창건 이후 해인사가 기증 받거나 매입한 토지의 내력을 적은 문서이다. 그런데 여기에 역사서에 누락된 진성과 위홍의 금쪽 같은 사랑 이야기가 등장한다. 조선 초기 신진 사림파의 대표적인 인물 조위가 쓴 《매개집》 '서해인사전권후'書海印寺田券後라는 글 속에 그 내용이 실려있다.

"해인사는 을사년(885년) 이전까지 수풀이 무성하여 북궁해인수北宮海印藪로 불리다가 경술년(890년) 이후에야 혜성대왕원당惠成大王願堂이라 일컬었다."

혜성대왕은 위홍을 말한다. 《삼국사기》에 따르면 혜성대왕은 위홍이 죽은 뒤에 얻은 시호이다. 위홍은 상재상과 상대등, 각간을 지냈으며, 황룡사목탑을 중수하고 향가집 《삼대목》을 편집하였다. 진성은 왕이 된 이듬해 위홍이 죽자 그의 공덕을 기리기 위해 혜성대왕이라는 시호를 내렸다. 그리고 2년 뒤에는 수풀이 우거진 해인사를 수리하고, 사랑했으나 먼저 세상을 떠난 연인의 극락왕생을 기원하는 원당으로 삼았다. 왕이라는 시호를 내리고 해인사를 원당으로 만들고도 연인을 사모하는 마음을 다 표현하지 못했던 것일까? 조위의 증언에 따르면 진성은 아예 권력을 내려놓고 해인사로 향한다.

"진성여왕이 왕위를 버리고 권력을 놓은 후 오로지 (연인을) 사모하는 마음으로 불우지중佛宇之中에 몸을 맡겨 마침내 해인사에 죽으니 (연인과) 같은 무덤에 묻히고자 함이 또한 분명하다."

아, 이것은 누구나 꿈꾸는 절대적인 사랑이 아닌가. 만인지상의 자리에서 누릴 수 있는 기득권을 한꺼번에 놓아버린, 그리하여 그 높은 권력과 명예를 한없이 초라하게 만드는 사랑. 사실 (위홍이 죽었으므로) 관계로서의 사랑은 그 순간 끝이 난거나 마찬가지다. 그러나 진성은 사랑은 아직 끝나지 않았다고, 조용히 행동으로 말하고 있다. (왕의 옷을 벗어 던지고 승복

해인사의 쌍둥이 비로자나불. 해인사는 진성여왕과 그의 삼촌이자 연인인 각간 위홍의 등신불이라고 주장한다.

을 입은) 진성의 선택은 일종의 자기 징계이고 고행이다. 그리고 그 고행의 최종 목적지는, 사랑이다. 해인사로 들어가는 진성을 보며 나는 긴 한숨 소리를 듣는다. 위홍을 향한 슬픈 그리움과 사랑을 완성하려는 한 여인의 절실한 소망을 읽는다. 동시에 신화나 문학 작품에나 존재할 법한, 특별하고 전면적인 사랑을 본다. 진성의 사랑은 어떤 사랑도 근접할 수 없을 만큼 절대적이다. 그리하여 감동적이고 황홀하지만, 감정을 이입하면 그 사랑은 지독하게 자기 파괴적이어서 가슴 한쪽을 날카롭게 베인 것처럼 아프고 쓰리다. 저 고귀하고 나르시스적인 사랑을 그러나 누가 헐뜯고 손가락질 할 수 있겠는가!

한국 문학사의 첫 장을 연 사람, 뛰어난 문장가였고 정책 전문가였으나 시대를 잘못 만난 비운의 천재. 정약용이 그랬듯이 최치원도 왕의 남자였다. 최치원은 불과 열 둘의 나이에(868년, 경문왕 8년) 왕실의 후원을 받아 중국으로 유학을 떠났다. 당나라 국자감에 입학하자마자 문장으로 이름을 떨치더니 6년 만에, 그러니까 열 여덟에 당당히 과거에 장원으로 급제하였다. 최치원의 고백대로 송곳으로 허벅지를 찔러가며 노력한 결과였다. 중국의 이곳저곳에서 공무원 생활을 한 지 10년이 지날 즈음(885년) 그는 헌강왕의 부름을 받는다. 조국을 사랑했으므로, 최치원은 자신의 재능을 신라에 바칠 요량으로 서라벌로 돌아왔다. 그는 10년 가까이 중앙과 지방의 관리를 두루 거치며 조국의 맨 얼굴을 똑똑히 목도할 수 있었다. 도적떼가 곳곳에서 들끓었고, 백성들은 힘겹게 하루하루를 견디어 내고 있었다. 목불인견이었다. 더욱 놀라운 것은 나라가 기울고 있는데도 귀족과 고급 관리, 지방 호족들은 자기 배만 열심히 채우고 있는 현실이었다. 최치원이 꿈꾸는 신라는 이런 모습이 아니었다. 그는 슬픔과 분노를 동시에 느꼈다. 무슨 방도를 찾아야 한다고 생각했다. 스스로에게 거듭 되물어도 침묵은 지식인의 도리가 아니었다.

매화가 막 꽃망울 터트리기 시작한 894년 초봄의 어느 날 밤, 그는 붓을 들고 평소 생각해 왔던 정국 개혁안을 정성껏 써내려 가기 시작했다. 개혁안 집필은 새벽이 되어서야 끝났다. 최치원은 '시무십여조 時務十餘條'라는 제목을 달아 서라벌에 있는 여왕에게 올렸다. 진성은 무릎을 쳤다. 최치원의 구상이야 말로 신라를 살리는 최선의 길이었다. 여왕은 충청도 서산의 태수로 나가 있던 최치원을 불러들여 아찬 벼슬을 내리고 개혁안 집행의 실무를 맡겼다. 아찬이라면 육두품이 오를 수 있는 최고의 벼슬이었다. 최치원은 조국을 위해 헌신할 수 있는 마지막 기회라고 생각하며 결의를 다졌으나, 기득권의 벽은 그의 예상보다 훨씬 높았다. 골품제도의 틀은 완고했고, 귀족들은 여전히 수구의 행태를 보이며 그들의 이권을 지키거나 더 차지하는 일에만 집중했다. 여왕이 열심히 응원을 보내주어도 종국에는 이마저 소용이 없었다. 3년 뒤 여왕이 왕위를 내려놓자 최치원의 정치 개혁안은 곧장 휴지통에 처박히고 말았다. 신라에 대한 그의 사랑은 '대답이 없는 사랑'이 되고 말았다. 사실은 그보다도 못했다. 그에게 돌아온 것은 미움과 경계, 그리고 소외와 비난이었다. 그 즈음 최치원은 해인사에 머물던 여왕의 부음 소식을 듣는다. 상실감이 겨울바람처럼 세차게 밀려들었다. 외로웠다. 그리고 가슴이 아팠다. 여왕이 그랬던 것처럼 자신도 자리를 정리할 때가 되었다고 생각했다. 이듬해 가을 그는 영욕의 서라벌을 조용히 떠났다.

유랑, 머물 곳이 있으면 머물고 그렇지 않으면 다시 길을 나서는, 바람 같은 인생이 길게 이어졌다. 경주 남산에 올라 서라벌에 작별 인사를 하고, 의성의 고운사에 머물며 부처의 마음을 배웠다. 해운대에 이르러서는 매화 같은 달을 피워내는 화엄의 바다를 오래도록 바라보았다. 그는 다시 길을 떠나 마산과 함양, 지리산 쌍계사를 유람했다. 그리고 900년, 그의 나이 마흔 네 살이 되던 해 긴 방랑을 마치고 몇 해 전 진성이 그랬듯이 가야산으로 쓸쓸히 발길을 돌렸다. 홍류동 계곡을 걷는 그의 가슴엔 입산시入

농산정. 가야산 홍류동 계곡에 있는 정자이다. 건너 편 바위에 새겨진
최치원 시의 마지막 낱말 농산籠山에서 정자 이름을 따왔다.

| 남자의 여행,
비우려고 떠나서
채우고 돌아오다

山詩 한 편이 자라고 있었다.

이보시오. 청산이 좋다는 말 하지 마오.
산이 좋다고 하면서 무슨 일로 산 밖으로 나오시오?
두고 보시오. 훗날 나의 자취를.
청산에 들면 다시는 세상 밖으로 나오지 않으리니.
_증산승 贈山僧

"다시는 세상 밖으로 나오지 않겠다."는 최치원의 발언이 아프게 다가온다.
〈공무도하가〉나 김소월의 〈진달래꽃〉처럼 아득한 비극의 정한이 읽힌다.
이 시는 선언이자 고백이다. 세속의 명예와 욕망에 대한 절연의 선언이고
신라에 대한 사랑이, 닫힌 사회와 그 적들의 거부로 끝내는 실패했음을 스
스로 인정하는 고백의 시이다. 사랑은 늘 고통을 동반하는 법이다. 진성의
예에서 이미 경험했듯이, 사랑은 아름답고 극적이고 때로는 황홀하기까지
하지만, 그것이 전면적이고 눈처럼 순결할수록 상처는 날카롭고 아픔은 크
다. 최치원의 가야산행은 상실감에 대한 고통의 표현인 동시에 한 인간의
존재 이유가 훼손되었을 때 선택할 수 있는 극단적이면서 동시에 눈물겹게
숭고한 자기 사랑법이다.
최치원의 은둔은 후세 지성들에 의해 따뜻한 지지와 위로를 받는다. 김종직
은 뜻을 펴지 못한 최치원을 안타깝게 추억했고, 김일손은 붓 심부름이나
하고 싶다고 고백했다. 박제가는 최치원의 마부가 되기를 소원했고, 정구

는 가야산을 오르며 신선이 되었다는 그의 자취를 찾아 나섰다. 정구는 홍류동 바위에 새겨 놓은 최치원의 시를 발견했으나 한참을 닦아도 한 두 글자 밖에 알아볼 수가 없자, 시를 앗아간 비와 바람을 원망했다.

최치원은 정말 신선이 되었을까? 사실이 아니지만 사실이다. 바람처럼 살다가 행적과 문장을 털끝만큼도 남기지 않고 홀연히 사라진 그를, 후세 사람들이 신선으로 부활시켰다. 그렇게 해서라도 한 천재를 추억하고 싶었고, 그의 불행을 축소시켜 주고 싶었던 칠정의 감정이 그를 신선으로 만든 것이다. 집단적 연민의 힘은 때로 이처럼 거룩하고 경이로울 만큼 초월적이다.

몽골은 우리에게 회복할 수 없는 아픔 하나와 비교할 수 없는 행운 하나를 가져다 주었다. 아픔은 황룡사구층목탑을 잃은 것이고, 행운은 팔만대장경을 얻은 것이다. 전쟁 통에 잃은 유산이 부지기수지만 그래도 특별히 안타까운 게 황룡사구층목탑이다. 이 탑은 하루가 멀다 하고 반목하던 신라와 백제가 힘과 과학기술을 한데 모아서 만든 빛나는 문화의 꽃이었다. 게다가 황룡사목탑은 높이가 80미터에 이르는, 우리 역사상 가장 높은 탑이었다. 탑을 세우는 전후 과정이 《삼국유사》 '탑상편'에 비교적 소상하게 기록되어 있다.

(643년) 선덕여왕이 신하들에게 구층목탑을 세울 방도를 내놓으라고 말했다. 그러자 여러 신하들이 여왕에게 다음과 같이 아뢰었다.

"구층목탑을 세우는 일은 백제에 공장工匠을 청한 뒤에야 가능합니다."
이에 보물과 비단을 가지고 가서 백제에 건축 기술자를 보내줄 것을 요청하였다. 아비지라는 공장이 명을 받고 신라에 와서 목재와 석재로 탑을 쌓았다.

백제에 건축 기술자를 파견해 달라고 요청한 건 신라 기술로는 거대한 탑을 세울 수 없었기 때문이다. 백제는 이미 30미터에 이르는 석탑과 높이가 60미터인 목탑을 가지고 있었다. 탑을 위해 자존심을 접은 신라의 겸손과 그 겸손에 응답한 백제의 넉넉함이 없었다면 황룡사목탑은 세상에 나오지 못했다. 탑이 완성된 것은 645년 3월, 첫 삽을 뜬 지 정확히 2년 만이었다. 80미터라면 현대 건축물로 치면 약 27층 높이니, 올려다 보면 고개가 아플 지경이었을 것이다. 왕궁 건물도 1층이나 2층이 고작이었을 테니 구층목탑의 위용은 군계일학이었을 것이다. 고려 중기의 문장가 김극기는 "굽어보니 옛 도읍지 수많은 집들이 벌집 같고 개미굴 같아 보기에 아득하다."고 탑에 오른 감회를 시로 읊었다. 황룡사구층목탑은 그러나, 김극기가 탑에 오른 지 40여 년 뒤 몽골의 3차 침략 때 불에 타 역사의 뒤안길로 사라졌다. 1238년이었다.
목탑이 불타고 있을 그 무렵, 경상도 남해의 관음포에서는 그에 버금가는 역사가 비밀리에 쓰여지고 있었다. 몽골의 침략은 집요했다. 해안가와 몇몇 섬을 뺀 반도 전체가 몽골의 말발굽에 짓밟히고 있었다. 창과 칼에 죽은 자는 헤아릴 수 없었다. 슬픔도 사치가 되는 이 비극의 시대에, 고려인들이

할 수 있는 건 무엇이었을까? 죽음이 문 앞까지 닥쳐와 더 이상 물러설 곳이 없는 백척간두의 시대에 고려인들은 처연하게 아름다운 남해의 쪽빛 바닷가에서 도대체 무얼 만들고 있었을까? 그들이 만든 건 화포나 창칼이 아니었다. 방패도, 활도, 하다못해 화살촉도 아니었다.

화포와 총포가, 창과 방패가 더 이상 '나'와 '가족'을 지켜주지 못한다는 것을 아프게 깨달았을 때, 화살촉보다 더 날카로운 이웃과 형제들의 비명소리를 들었을 때, 고려인들이 만들기로 한 건 엉뚱하게도 불경이었다. 때로 자기 연민은 절망의 강을 건널 수 있는 힘을 준다. 절박함이 지독한 자기 사랑, 즉 집단적 연민을 낳았고, 그 연민이 8만장의 대장경으로 외화되었다. 말이 8만장이지 그 안에 담긴 염원과 시간과 노력을 생각하면 이건 단순한 숫자가 아니다. 대장경을 만드는 데 쏟은 시간이 16년, 5,840번의 해가 뜨고 다시 지는 긴 시간이었다. 자작나무를 벌목하고 운반하고 다듬는 데만 연인원 12만 명이 동원되었다. 경판 한 장에 새겨진 글자는 644자, 모두 합하면 무려 5,200만 자다. 5,200만 자를 붓으로 쓰는데 5만 명, 종이를 만드는데 3,200명, 경판에 글씨를 새기는데 131만 명이 참여했다. 이밖에 옻칠하는 사람이 있었고, 교정 보는 사람이 있었다. 농사짓는 사람이 있었고, 밥 짓고 국 끓이는 사람도 한둘이 아니었다. 절대 고독과 죽음에 대한 두려움에서 벗어나기 위해 이 많은 사람이, 이 많은 땀과 시간을 순결하게 대장경에 쏟아 부었다.

고려인의 불심이 전쟁을 끝내지는 못했다. 대장경이 완성된 뒤에도 몽골은 여전히 고려의 산하를 침탈하고 있었다. 그러나 이와는 별개로 그들은

해인사 장경판전. 고려 민중의 집단적인 자기 연민이
만든 팔만대장경이 저 안에 보관되어 있다.

빛을 얻었다. 대장경을 만드는 순간순간이 그들에게는 희망의 시간이었고, 자기 구원의 세월이었다. 팔만대장경은 생명을 향한 원초적인 자기애와 집단적인 연민이 피운 숭고한 꽃이다. 대장경은 그러므로, 서사적인 사랑의 긴 요약이다.

해인사는 사랑을 환기시킨다. 나는 해인사의 쌍둥이 비로자나불에서 무모하리만큼 절실한 진성의 사랑을 되새기고■■ 홍유동 계곡 농산정에서 최치원의 근거 있는 자기애를 긍정한다. 그리고 장경각 앞에서 8만 장의 경판에 스며든 고려인의 집단적 연민을 아프게 떠올린다. 한결같이 먹먹한 사랑이 나를 자꾸 해인사로 끌어들인다.

■진성여왕의 죽음에 대해서는 이견이 있다. 〈삼국사기〉에는 진성여왕이 북궁에서 숨지자 황산에 장사를 지냈다는 기록이 나오는데, 역사 학계에서는 이 북궁을 조위가 말한 해인사가 아니라 서라벌에 있던 경문왕가의 저택으로 보는 견해를 더 따르고 있다.

■■해인사 대비로전에는 나무로 만든 비로자나불 두 개가 있다. 하나는 대적광전에, 다른 하나는 법보전에 있던 것을 이곳에 옮겨 놓았다. 2005년 법보전 비로자나불에 새로 금칠을 하다가 불상 안에서 883년에 만들었다는 제작 연도가 새겨진 명문을 발견하였다. 또 신라시대 최고의 관직인 대각간과 비의 뜻으로 불상을 제작했다는 기록도 함께 발견되었다. 해인사에서는 《삼국유사》에 진성여왕을 대각간 위홍의 부인이라고 기록한 점을 들어 쌍둥이 비로자나불을 위홍과 진성여왕의 등신불로 추정하고 있으나 위홍에게 이미 부인이 있었다는 이유 등으로 아직은 단정하기 이르다는 주장도 있다.

꿈꾸는 사람은 흔적을 남긴다
운주사

운주사_전남 화순군 도암면에 있다. 하룻밤 사이에 천불천탑을 쌓았다는 전설이 전해지는 신비로운 절이다. 도암면 대초리 천불산 계곡에 석불 90개와 돌탑 21기가 산재해 있는데 언제, 누가, 왜 불상과 석탑을 세웠는지 알 수 없는, 해석하고 탐구할수록 오리무중인 비밀 사원이다. 절의 구조, 탑과 불상의 형식이 해인사나 불국사 같은 일반적인 사찰과 완전히 다르다. 구조와 형식을 기준으로 삼는다면 우리나라 사찰은 운주사와 그 밖의 모든 절로 나눌 수 있을 정도이다. 운주사는 그만큼 불교사의 주목할 만한 사건이다. 이에 버금가는 사건은 불국사와 석굴암의 창건, 일연이 남긴 삼국유사, 그리고 극도의 위기의 시대에 탄생시킨 팔만대장경 정도다. 운주사의 비주류성은 이 절의 주인공을 짐작케 해준다. 학계에서는 고려 어느 시기의 민중으로 추측하고 있다. 운주사는 비주류의 꿈과 연대가 안개처럼 흐르는 절이다.

공기의 기척이 이상하다.

청춘 시절, 《백 년 동안의 고독》을 처음 읽었을 때 이와 비슷한 경험을 한 적이 있다. 신비감과 포근함이 적당한 비율로 혼합된, 그리하여 은근한 환각에 빠져드는 듯한 기분을, 소설을 읽는 내내 비밀스럽게 즐기고 있었다. 다른 점이 있다면 그때보다 공기의 에너지가 조금 더 강렬하다는 것이다. 신비감과 포근함에 긴장감이 적당하게 더해졌다.

사방은 더없이 조용하다. 귀를 열고 숨을 죽였으나 인기척은커녕 흔한 산새 소리 하나 들리지 않는다. 계곡은 우물 속 같은 깊은 고요에 푸욱 젖어 있다. 높이가 고만고만한 산은 솜이불 같은 안개를 덮고 있고, 길은 능선과 능선 사이에 부드러운 곡선을 그리며 안개 속으로 사라진다. 모퉁이를 돌면 박무에 가린 석탑 몇 개가 흐릿한 실루엣을 비현실적으로 드러내고 있을 것이다. 생각해보니 이상하다. 난 이 절이 처음이 아니다. 90년대 초와 2009년 가을에도 왔었으니까 이번이 세 번째다. 그런데도 마치 처음 방문했을 때와 크게 다르지 않은 낯선 신비감을 경험하고 있다. 운주사는 여전히 몽환적이고 영혼을 흔드는 어떤 정념을 품고 있다. 처음엔 안개 때문이라고 생각했다. 환영 같은 안개가 신기하고 오묘한 기운을 계곡과 산기슭에 풀어놓고 있다고 생각했다. 하지만 유난히 하늘이 투명했던 2009년 가을에도 이와 비슷한 감정의 동요를 느꼈었다. 20년 전에도, 3년 전에도, 그리고 이

안개가 내린 운주사. 천불산 불사바위에서 내려다본 모습이다. 운주사는 무정형, 무형식의 독특한 절이다.

번에도 비슷한 질량과 부피로 다가오는 정적과 환각 같은 매력. 20년 동안 변하지 않는 이 기운의 정체는 과연 무엇일까?

운주사는 참 이상한 절이다. 어느 날 갑자기 생겼다는데 누구는 신라 말의 승려이자 풍수지리설의 대가인 도선이 불법佛法으로 만들었다고 하고, 어떤 이는 후백제 유민들이 처음 세웠다고 한다. 또 어느 학자는 여러 근거를 대며 11~13세기경에 만들었다고 주장하고 있으나, 사실 이 절의 출생년도를 정확히 아는 사람은 아무도 없다. 땅의 생김새를 두고도 어떤 사람은 바다로 나아가는 배를 닮았다고 하고, 어떤 책은 바람 한 점 통과할 수 없을 만큼 산이 에워싸고 있어서 언제나 구름이 머물고 있다고 기록하고 있다. 운주사엔 깊은 산골이나 바닷속 같은 적요가 흐른다. 얼마나 조용한지 밤에는 목탁 소리가 십리 밖에서도 들린다. 우리나라에서 한 번도 본 적이 없는 참으로 낯선 절이다.

"유민들은 다시 정신없이 돌을 쪼아 미륵상을 세웠다. (중략) 북소리는 더욱 우렁차게 곳곳에 울려 퍼졌다. 그들은 캄캄한 밤이 되었어도 횃불을 밝히고 일을 계속하였다. 구백구십구의 미륵상과 탑을 세웠다."
_황석영의 《장길산》 12권 마지막 장

《장길산》은 우리에게 운주사로 가는 문을 처음으로 열어주었다. 《장길산》이 아니었다면 운주사는 아직도 천년 동안 긴 잠을 자고 있을지도 모른다. 이보

남자의 여행,
비우려고 떠나서
채우고 돌아오다

다 앞서 운주사를 언급한 문학 작품과 몇 개의 기록이 존재하기는 한다. 하지만 때를 잘못 만나서 그리고 어떤 경우에는 내용이 부실해서 제대로 주목을 받지 못했다. 고은, 조태일, 정희성, 황지우, 도종환, 임동확……. 1980년 대 《장길산》이 세상에 나온 뒤로 많은 시인이 운주사를 주제로 풍성한 언어의 집을 지었다. 2008년 노벨문학상 수상자이자 현존하는 프랑스 최고의 소설가인 르 클레지오도 시를 놓은 지 20년 만에, 이 절에서 받은 감동을 잊지 못해 〈운주사, 가을비〉라는 시를 지었다.

《장길산》은 나에게도 운주사의 존재를 알려준 전령 같은 소설이다. 1990년 대 초반, 빛고을 광주로 취재를 갔다가 반나절 시간을 내어 화순 운주사를 처음 찾았다. 꽃이란 꽃은 다 지고 잎이 막 무성해지려는 늦봄이었다. 지도 상으로는 화순이 광주 턱밑이라고 나오는데 버스는 한 시간 넘게 좁은 시골길을 달렸다. 나는 흔들리는 버스에 앉아 《장길산》 마지막에 나오는 운주사 미륵 이야기를 흔들흔들 읽었다.

첫사랑, 신학기, 첫 출근……. 처음은 늘 사람을 흥분시킨다. 시간이 흐를수록 흥분과 기대감이 이스트를 넣은 식빵처럼 부풀어 올랐다. 처음도 처음이지만 운주사는 천불천탑, 말 그대로 천 개의 불상과 천 개의 탑이 있었다는 절이 아니던가. 버스에서 내렸는데도 지상에서 몇 미터는 붕 떠 있는 기분이 들었다.

절로 가는 길은 한적했다. 하지만 시골이나 산사에서 흔히 경험하게 되는 한적함과는 느낌이 달랐다. 그것은 정적에 가까운 팽팽한 한적함, 깊이를 알 수 없는 고요였다. 공기의 기운은 분명 심상치 않았으나 서늘하거나 괴괴하

남자의 여행,
비우려고 떠나서
채우고 돌아오다

지는 않았다. 땅과 숲의 정령이 몸을 부드럽게 감싸 안는 기분이었다. 나는 불안과 기대가 뒤섞인, 그러나 기분 나쁘지 않은 환각의 감정 속으로 조금씩 빠져들고 있었다.

산모롱이를 돈 지 얼마 지나지 않아 걸음을 멈췄다. 저건 뭐지? 시야에 들어온 것은 절이 아니라 탑이었다. 초승달처럼 생긴, 폐사지 같은 좁고 긴 평지 위에 몇 개의 석탑이, 행렬에서 이탈한 병사처럼 일정한 기준이 없이 자유방임적으로 서 있었다. 모양과 구조가 어디서 본 듯한, 그러나 사실은 한 번도 대면한 적이 없는 석탑이었다. 평지에만 탑이 있는 게 아니었다. 오른쪽 산을 올려다보면 능선에도 탑이 있고, 왼쪽 산으로 고개를 돌리면 거기에도 석탑이 있었다. 탑뿐이 아니었다. 불상도 부지기수였다. 절터며 산기슭이며, 시선이 닿는 곳마다 모양과 크기가 제각각인 석불이 문득문득 나타났다. 언제, 누가, 왜 이 많은 탑과 불상을 만들었을까? 아니 그보다 이곳이 절이 맞기나 한 것인가? 예고도 없이 불쑥불쑥 등장하는 탑과 불상을 볼 때마다 이런저런 궁금증이 안개처럼 피어올랐다.

정신이 없었다. 석탑이지만 내가 보던 탑이 아니었다. 틀림없이 불상이지만 평소 내가 알던 불상이 아니었다. 빈 절터와 산자락 여기저기에 보지도 듣지도 못한 석탑과 불상이 가득했다. 서른 해를 살면서 이처럼 낯설고 비현실적인 풍경은 처음 보았다. 밀교를 믿는 사람들의 성지 같기도 하고, 비밀스런 불교 사원 같기도 했다. 절이 아니라 신화나 전설 속에 등장하는 어

운주사, 36cm×45cm, 흙벽화 기법에 천연 안료, 2010

인간의 얼굴을 한 운주사 돌부처들. 하나같이 소박하고 꾸밈없고 자유분방하다.

느 신비로운 공간에 와있는 것 같은 착각이 들었다. 숨을 길게 내쉬고, 가슴도 거듭 쓸어내렸으나 흐트러진 마음은 쉽게 수습되지 않았다. 나는 점점 미궁 속으로 빠져들고 있었다.

황석영은 《장길산》에 전라도 섬에 숨어 살던 후백제 유민들이 10세기 초의 어느 날 전라도 화순으로 모여들어 하룻밤 만에 구백구십구개의 불상과 탑을 만들었다고 적고 있다. 원래는 새벽 첫닭이 울기 전 천불천탑을 세우려 했으나 밤의 노고에 힘에 겨운 어느 사내가 거짓으로 새벽닭이 울었다고 소리친 까닭에 구백구십구개의 미륵상과 석탑을 세우고 그만 끝이 났다는 이야기다. 조선 숙종 때가 배경인 대하소설에 그보다 몇 백 년이나 앞선 운주사 창건 설화를 끌어들인 것도 뜬금없지만, 후백제 유민들이 세웠다는 역사 기록도 사실은 어디에도 없다. 또 소설에서는 탑과 불상이 구백구십구개라고 했지만 실제는 돌부처 90개와 석탑 21가 남아 있다. 학계에서는 고려 중후반 화순 지역의 민중들이 운주사를 세운 것으로 추측하고 있다.
2500년 전에 이미 플라톤이 말했듯이 모든 문학예술은 허구이다. 그래서 플라톤은 예술의 가치를 부정했고, 아리스토텔레스는 가짜 안에 진실이 있다고 믿었으므로 문학예술을 긍정했다. 아리스토텔레스에 기대어 말하자면, 문학예술이 추구하는 것은 사실의 재구성이 아니라 그 너머에 있는 어떤 진실이다. 《장길산》은 허구이지만 반대로 허구인 까닭에 그 안에 금쪽같은 진실이 있다. 《장길산》이 보물처럼 숨겨 놓은 진실은……, 꿈이다. 고단한 삶을 살다 간 고려 민중들이 화순 땅 운주사에 꽃잎처럼 뿌려놓은 희망의 정령들이다.

정보는 다양한 방법으로 저장된다. 때로는 짧은 낱말로, 때로는《장길산》처럼 긴 이야기로, 어떤 경우에는 시각 이미지로 기록되기도 한다. 운주사에도 기억의 지문이 있다. 그것도 제 몸 구석구석에 손바닥처럼 세밀한 지문을 달고 있다. 해탈한 듯 방임적인 수많은 불상과 돌탑이, 거기에 새긴 이미지 하나하나가 운주사의 수수께끼를 풀어줄 절실한 지문이자 DNA이다. 운주사의 불상은 거칠고 어찌 보면 반조형적이지만 대부분 친근하고 해학적이다. 처음 보는 불상이지만 어딘가 모르게 익숙하고 그래서 친구나 이웃을 보는 것처럼 정겹고 편안하다. 소박하고 활달하고 꾸밈없고 자유분방한 돌부처들. 이름난 절에서 많이 본, 저 높은 곳에서 하대하듯 사람을 내려다보는, 엄숙하고 화려하고 장식적인 금칠 부처와는 틀림없이 족보가 다르다. 운주사 돌부처는 사람 얼굴 같기도 하고, 충청도와 전라도의 마을 미륵을 닮은 것 같기도 하다. 전국에 있는 모든 미륵이 모여 한바탕 단합 대회라도 하는 것 같다.

이 절의 하이라이트는 대형 부부 와불이다. 서쪽 산을 오르다 보면 거대한 와불이 불쑥 나타나 또 한 번 혼란에 빠뜨린다. 하룻밤 사이에 천불천탑을 세우려다 갑자기 어느 사내가 첫닭이 울었다고 소리치는 바람에 미처 세우지 못했다는 바로 그 불상이다. 남편의 키가 12미터, 부인의 키는 9미터인데 처음엔 규모에 압도당하고 조금 후엔 너무 커서 비현실적으로 다가온다. 와불은 산자락을 침대 삼아 그냥 벌렁 누워 있다. 남녀 부처가 아무렇지 않게 누워 있는 모습이 천진하고 능청스럽다. 와불은 본디 석가모니가 열반에

운주사 부부 와불. 남녀 부처가 누워 있는 모습이 천진하고 능청스럽다. 세계에서 유일한 부부 와불이다.

든 모습을 표현한 불상이지만 운주사의 와불은 그런 불상과는 딴판이다. 누워 있으되 석가모니가 아니라 미륵을 닮았고, 정밀하게 조각한 게 아니라 자연 상태의 바위를 대충 쪼아서 만들었다. 게다가 신성한 절간에 부부가 함께 누워 있는 모습도 낯설고 당혹스럽다. 인도와 동남아시아에 와불이 많지만 부부 와불은 세계에서 운주사 누운 부처가 유일하다.

탑도 특이하기는 마찬가지다. 운주사 탑은 기존 사찰의 그것과는 여러모로 남다르다. 원형탑, 원반형탑, 방형탑, 모전탑, 2층탑, 3층탑, 5층탑, 7층탑, 9층탑……. 세상의 탑이란 탑을 다 모아 놓은 듯하다. 어떤 탑은 몸에 마름모 꼴 문양이나 기하학적인 문신을 새기고 있다. 일정한 형식이 없어서 처음엔 당혹스럽다가도 보면 볼수록 흥미롭고 인상적이다. 원형탑은 둥그런 돌을 이어 올린 모양을 하고 있는데, 내 눈엔 그 모습이 마치 솥단지를 이어서 올려놓은 것 같기도 하고, 떡시루를 몇 개 겹쳐놓은 것처럼 보이기도 한다. 방형탑은 콩고물을 얹은 제사떡을 닮았고, 원반형탑을 보면 봄이 되면 어릴 적 어머니가 해주시던 동그랗고 도톰한 쑥개떡이 떠올라 군침이 돌 지경이다. 운주사의 석탑과 불상은 무정형의, 무형식의, 무규칙의 극단을 보여준다. 처음부터 끝까지, 마치 작정이라도 한 것처럼 전통적인 조형 문법을, 완벽하게 전복시키고 있다. 그 모습은 일탈과 자유방임을 넘어 포스트모던하기까지 하다. 어쩌면 민중들은 애초부터 어떤 형식을 만들 의도조차 없었는지 모른다. 그저 그들의 꿈을, 소박하지만 뜨거운 영혼을 탑과 불상에 담으려고 한 것인지 모른다. 그런 순수함이 품질 좋은 돌도, 솜씨가 뛰어난 석공도, 내로라하는 건축가도 없었음에도 권력자와 가진 자 편에 줄을 선 사람들이 흉내를 낼 수 없는 '다름'의 세계를 천불산 가득 펼쳐 놓은 것이다. 나는 감히 운주사를 우리 불교사의 사건이라 말하고 싶다.

1천 년 전, 화순 땅 민중들은 삶이 고달프고 희망의 꼬리가 잘려 나갈 때마다 자신들을 닮은 불상을 만들고, 춥고 허기가 질 때마다 가마솥과 떡시루

고려 민중들의 꿈이 담긴 원형 석탑. 솥단지 같기도
하고 떡시루를 포개놓은 것 같기도 하다.

와 먹음직한 개떡을 닮은 탑을 세웠을 것이다. 당장은 일어날 수 없지만 그
래도 언젠가는 고단한 삶을 딛고 일어날 수 있으리라는 부푼 꿈을 부부 와불
과 북두칠성을 닮은 칠성바위에 새겼을 터이다.

이 절의 모든 돌 문화재에는 무거운 짐을 진 자들의 쓸쓸하고 안타까운 그러
나 그보다 몇 배는 아름다운 꿈이 흐른다. 아, 이 감동적인 집단 지성의 기
호들, 뜨거운 연대의 미학들! 천불산에서 돌을 깨고 정을 든 민중들은 한 사
람 한 사람이 시지포스였다. 배가 고프고, 고통의 크기가 커지고, 불안의 양
이 늘어날수록 그들은 기꺼이 수많은 희망의 시지포스가 되었다. 그것은 싸
움이자 동시에 축제였다. 그리고 그것은, 그들의 인생에 바치는 희망의 오
마주Hommage였다.

남자의 여행,
비우려고 떠나서
채우고 돌아오다

사랑이냐, 소울 메이트냐
개암사와 내소사

개암사와 내소사_전북 부안군 변산에 있다. 개암사는 634년에, 내소사는 633년에 창건했다고 한다. 개암사는 대웅전(보물 292호)과 대웅전 내부의 수많은 용이 압권이고, 내소사는 전나무 숲길과 고목에서 피는 벚꽃, 아름드리 느티나무, 정교한 대웅전(보물 291호)과 대웅전의 꽃문양 창살이 유명하다. 대웅전 단청에 얽힌 '파랑새 전설'도 재미있다. 어느 날 대웅전을 다시 짓고 단청 장인을 불렀다. 화공이 말했다. "100일 동안 아무도 들여보내지 마십시오. 중간에 문을 열면 틀림없이 부정을 타게 될 것입니다." 그러나 하지 말라고 하면 더 하고 싶은 법. 99일째 되는 날 한 동자승이 궁금증을 참지 못하고 대웅전 문을 열었다. 그런데, 이게 어찌된 일인가? 화공은 온데간데없고 파랑새 한 마리가 입에 붓을 물고 단청을 하고 있는 게 아닌가? 관세음보살이 파랑새로 변한 것이었는데, 존재를 들킨 파랑새는 곧 하늘로 날아가 버렸다. 선운사와 무위사에도 이와 비슷한 전설이 전한다.

■

우연의 일치일까?

되돌아보니 전라도 부안은 늘 봄에 찾아갔다. 게다가 초봄이었다. 봄빛이 동백에서 매화나무로 막 옮겨가고 있을 무렵, 조금 지나면 그 빛을 벚꽃이 다 차지할 무렵이었다. 땅바닥에 바짝 엎드려 있던 보리가 동풍의 희롱에 더는 참을 수 없다는 듯이 자리에서 벌떡 일어날, 꼭 그 즈음이었다.

내면에 봄바람이 든 탓이 아니었다. 꽃놀이를 가고자 한 것은 더더욱 아니었다. 모든 게 이매창 탓이다. 그녀의 쓸쓸한 시 때문이다. 꽃 피고 새 우는 초봄을 유난히 쓸쓸하게 여기는, 그리하여 매화와 봄풀과 살구꽃에 그리움과 허무의 슬픔을 이입한 그녀의 감각적인 시 때문이다. 매창의 사무치는 시 덕에 뒤늦게 봄의 쓸쓸함을 알았다. 봄날의 꽃들에게는 겨우 열흘 안팎의 환희가 삭신이 쑤실 만큼 아프게 아름다운 화양연화의 시절임을, 마흔을 앞두고서야 깨닫고 있었다.

배꽃 눈부시게 피고 두견새 우는 밤/뜰에 가득 달빛 어려 더욱 서러워라/꿈에나 만나려 해도 잠마저 오지 않고/일어나 매화 핀 창가에 기대니 새벽닭이 우네.

_이매창의 〈閨中怨〉

이매창은 부안의 기생이다. 부안현 아전 이탕종의 딸로 어릴 적 이름은 계생이었다. 태어난 해인 1573년이 계유년이므로 이렇게 불렀다. 계랑이라

불리기도 하였다. 본명은 이향금이고 매창은 그녀의 호이다. 어려서부터 아버지에게 한문과 거문고를 배웠는데 근동에 소문이 날 만큼 실력이 아주 좋았다. 매창이 언제 기생이 되었는지 정확히 알 수는 없으나 태어난 해로 미루어 1580년대 후반쯤으로 짐작된다. 그녀는 시에 능하고 노래와 거문고 솜씨도 뛰어나서 남도의 황진이로 불렸다. 당대의 이름난 시인과 사대부들이 매창을 찾아와 교류하기를 즐겼다. 《홍길동전》의 지은이 허균도 그중의 하나였다.

몇 해 전 이른 봄, 매창을 만나러 부안으로 차를 몰았다. 개암사와 내소사, 그녀가 잠들어 있는 매창공원까지 다 둘러볼 작정이었다. 전날부터 내리던 비는 그치고 개암사로 오르는 길은 짙은 안개가 다 차지하고 있었다. 길가에 띄엄띄엄 핀 동백도 매창의 글처럼 안개에 눌려 제 색을 다 뽐내지 못하고 있었다. 푸른 차밭과 아름드리 고목에도 폴폴 안개가 피어올랐다.

개암사는 본디 변한의 왕궁 터였다. 변한이 백제에게 스러진 뒤 폐허로 남아 있던 곳에 무왕 때 처음 절을 지었다는데, 그 뒤 원효와 의상이 와서 중창을 했다는데, 절에서 하는 말 말고는 믿을만한 기록이 거의 없다. 절 뒤편 산꼭대기엔 기세가 범상치 않은 '우금'이라는 바위가 땅을 뚫고 나와 하늘을 밀어 올리고 있다. 일부 역사학자들에 의하면 우금바위는 백제의 마지막 모습을 아프게 지켜본 곳이다. 660년 신라와 당나라의 공격으로 사비성이 무너지자 왕자 부여 풍과 왕족 복신, 승려 도침이 유민을 이끌고 백제부흥운동을 펼쳤는데 저항의 마지막 근거지가 우금바위 근처에 있는 우금산성(주류성)이라는 것이다. 개암사는 그러므로 백제의 멸망을 지켜본 슬픔의 절이자 동

매화가 핀 개암사의 초봄 풍경. 조선 중기 부안의 기생이었던 이매창의 시집이 이곳에서 간행되었다.
산 정상에 우뚝 솟은 우금바위 근처가 백제부흥운동의 본거지였던 주류성이다.

남자의 여행,
비우려고 떠나서
채우고 돌아오다

시에 삼국통일의 첫출발을 기억하고 있는 영광의 절이다. 스러짐의 비애와 승전의 환희를 마디마디 품은 사찰이지만 나에게 개삼사는 매창의 절이다. 1668년 가을, 개암사 스님과 부안 고을의 아전들이 한 자리에 모였다. 일종의 매창 시집 편집위원 모임이었다. 매창은 신사임당, 허난설헌, 황진이와 비견되는 조선의 손꼽히는 여류 시인이었다. 생전에 500여 편의 시를 남겼는데 서울의 사대부는 물론이거니와 부안현 아전들과 전라도에서 글을 좀 아는 사람이라면 누구나 그녀의 시를 아꼈다. 그러나 매창의 시와 문집이 하나 둘 소실되더니 죽은 지 60년 가까이 흐르자 아전들 머릿속에 있는 것을 빼고는 하나도 남은 게 없었다. 이를 안타까이 여긴 개암사 스님과 부안현 아전들이 시집을 엮겠다고 나섰다. 아전들은 개암사 선방에 둘러앉아 자신이 기억하고 있는 시를 흰 종이에 써내려가기 시작했다. 같은 시를 제외하고 다 모으니 58편이 남았다. 그해 겨울, 스님과 아전들은 십시일반 돈을 모아 개암사에서 목판본《매창집》을 펴냈다.

나는 개암사에 올 때마다 가슴이 먹먹해지는 감동을 느낀다. 한양의 권세 높은 양반과 남도를 거쳐 간 많은 고을의 수령들이 매창의 시를 칭찬했으나 그녀의 시를 우리에게 상속해준 사람은 지체 높은 자들이 종처럼 부리던 스님과 아전이었다. 어쩌면 이들이야 말로 매창을 진정으로 아끼는 사람이 아니었을까? 그녀의 시를 마음속 깊이 사심 없이 사랑한 독자는 이들이 아니었을까? 나는 걸음을 멈추고 태생도 모르고 이름도 모르는 부안현 아전들에게 머리를 숙였다. 명치끝이 저려오는 매창의 시를 남겨준 개암사 스님들에게 두 손을 모아 감사의 인사를 올렸다.

절 계단을 오르고, 마당을 천천히 걷고, 대웅전에서 이 절의 하이라이트라는 용을 살피면서도 나는 줄곧 매창을 생각했다. 촉촉하게 젖은 그녀의 슬픈 서정시를 생각했다. 매창은 생전에 개암사에 다녀갔을까? 그녀가 개암사를 찾았음을 알려주는 시나 그밖의 기록은 하나도 없으나, 문자 기록이 없다고 해서 그녀가 찾지 않았다고 단정할 수는 없다. 소실된 작품이 무려 9할이므로 그 안에 개암사를 찾은 소회를 풀어놓은 시가 없다고 말하기 어려울뿐더러 문집이 개암사에서 간행된 것도 예사롭게 보이지 않는다. 역사의 비애와 아름다운 건축도 더불어 품고 있지만 이상하게 개암사에 오면 이매창만 떠오른다. 배꽃 흩날리는 날 울며 잡고 이별한 임이 그리워서, 가을이면 기러기 울어대는 모습이 자신을 닮아 서러워서, 개암사 언덕 어딘가에서 꽃잎 같은 눈물 흘렸을 매창을, 자꾸 상상하게 된다. 그녀의 시집을 들고 개암사를 찾는 날에는.

이매창은 기생이라서 결혼을 할 수 없었으나 그녀에게도 사랑하는 남자가 있었다. 매창에겐 세 명의 정인이 있었다. 첫 번째 남자는 천민 시인 유희경이었고, 두 번째 남자는 김제 군수 이귀, 그리고 마지막 정인은 허균이었다. 유희경은 천민이었지만 이름을 날릴 만큼 시가 뛰어났으며, 예학에도 밝아 사대부들과 두루 사귀었다. 1590년 삼청동에 살던 유희경은 매창이 시와 노래에 뛰어나다는 소식을 듣고는 부안으로 그녀를 찾아갔다. 해어화 解語花와 노예시인. 처지가 비슷해서였을까? 그들은 시를 주고받고 때로는 풍류를 즐기며 깊이 사귀었다. 여자는 나라에 매인 몸이고 남자에겐 처자가 있었으나, 게다가 나이 차이가 26년이나 되었으나 둘은 그런 장벽조차 뛰어넘

개암사, 36cm×45cm, 흙벽화 기법에 천연 안료, 2010

었다. 매창과 유희경은 연락이 끊기면 시에 그리움을 담고 해후하면 자석처럼 붙어 지내며 10년 가까이 사랑을 이어갔다.

1600년 매창에게 두 번째 사랑이 찾아왔다. 김제 군수로 내려와 있던 허균의 선배 이귀였다. 사랑을 잃은 뒤 거문고 옆에 끼고 규방에서 홀로 지낼 즈음 이귀를 만났다. 이귀는 매창의 눈에서 그리움을 읽었고, 매창은 외직으로 나온 이귀의 얼굴에서 외로움을 보았다. 조선 말기에 편찬된《가곡원류》는 매창이 유희경과 헤어진 뒤 절개를 지켰다고 전하고 있으나 허균의 문집을 보면 그런 것 같지는 않다. 매창과 이귀는 신분과 나이를 제쳐두고 정을 나누었으나 안타깝게도 이들의 사랑은 불과 일 년 만에 끝이 났다. 이귀가 이듬해 봄 전라도 암행어사의 탄핵을 받아 타의로 김제를 떠난 까닭이다. 사랑이 꼭 하나의 빛깔과 향기로 피어나는 것은 아니다. 유희경과 이귀가 몸과 정신이 결합하는 완전한 사랑을 꿈꾸었다면 허균은 소유하지 않는 절제의 사랑을 보여주었다. 이귀가 매향을 떠난 지 세 달 후 허균은 충청도와 전라도의 세미稅米를 거둬들이는 해운판관(전운판관)에 임명되어 긴 출장길에 올랐다. 수원, 온양, 보령, 홍주, 서천, 만경을 거쳐 7월 23일 부안에 이르러 처음 이매창을 만났다. 허균은 그날의 기억을 이렇게 적고 있다.

비가 몹시 내려 객사에 머물렀다. 고흥달이 와서 인사를 하고 물러났다. 기생 계생은 이귀의 정인이었는데 거문고를 들고 와서 시를 읊었다. 얼굴이 비록 아름답지는 못했지만 재주와 흥취가 있어서 함께 얘기를 나눌만 하였다. 하루 종일 술을 나눠 마시며 서로 시를 주고받았다.

_허균의 〈조관기행〉

둘은 초면에 마음이 맞아 하루 내내 시와 술을 주고받으며 비오는 여름을 즐겼지만 잠자리에 들지는 않았다. 허균은 시인이자 소설가였고, 문학비평가이자 음식평론가였으나 동시에 그는 조선 최고의 자유주의자이자 바람둥이였다. 관리가 출장을 가면 그 고을의 기생이 수청을 드는 게 관례이기는 했으나 허균은 외직에 나갈 때마다 기생과 어울려 즐기기를 유독 좋아했다. 해운판관으로 일할 때에도 광산월이라는 기생이 20일 남짓 그를 따르며 시중을 들 정도였다. 게다가 매창은 20대 후반, 허균은 30대 초반의 청청한 나이였다. 그런데도 시와 술만 권했을 뿐 밤을 보내지 않았다. 그날 밤만 그런 게 아니다. 둘은 10년 가까이 마음은 받아들이면서도 몸을 나누지는 않았다. 그들은 서로 사랑하지 않은 걸까? 상념에 사로잡혀 몸을 뒤척이며 긴 밤을 보내지 않았을까? 여인의 뽀얀 살갗과 부드러운 손과 그보다 더 부드러운 입술과 가슴을, 사내의 따뜻한 손과 넓은 품과 등짝을, 살과 살이 만나는 순간의 두근거리는 촉감을, 그들은 상상하고 욕망하지 않았을까? 그렇지는 않았다. 허균의 고백대로 매창은 선배 이귀의 정인이었으므로, 매창도 이 사실을 잘 알고 있었으므로, 그러니까 건널 수 없는, 아니 건너지 말아야할 강이 둘 사이에 존재하고 있었으므로, 처음 마주한 날부터 음양의 자석처럼 매양 끌렸음에도 욕망에 유혹당하지 않았을 따름이다. 매창과 허균의 사랑은 배려와 존중 이전의 싸움, 욕망과 도덕 사이의 팽팽한 싸움이고 대결이었다. 그들은 그렇게 10년 동안 긴장과 절제에 도취된 비소유의 사랑을 이어갔다.

내소사로 가는 길. 아름드리 전나무 숲길을 지나면 곧 벚나무 길이 이어진다.

매창공원에서 안개가 걷히기 시작하더니 내소사에 이르자 다 하늘로 올라가 시야가 환해졌다. 유원지처럼 소란한 상점 거리를 지나자 이윽고 아름드리 전나무 숲길이 나타났다.

문학적 성과와 별개로 이규보는 고려 무신정권을 지지하고 높은 벼슬을 한 탓에 곡학아세의 기능적 지식인으로 곧잘 비판받는다. 그는 한때 요즘으로 치면 산림청 직원으로 근무한 적이 있었다. 그는 나라의 재목을 관리하고 벌목을 감독하기 위한 남도 출장길에 며칠을 부안에서 묵었다. 이규보는 내소사(당시 절 이름은 소래사였다.)에도 들러 시 두 편을 지어 절간에 걸어 놓았다. 그러나 지금은 사라져 어디에 있는지 알 길이 없다. 출장 때의 일을 기록한 글 중에 "변산은 예로부터 하늘이 내린 재목 창고"라서 "큰 나무와 찌를 듯한 나무줄기가 언제나 넘쳤다."는 말이 나온다. 전나무의 수령이 150살쯤 된다고 하니 저 나무들은 이규보가 말한 그 나무의 5대손쯤 되지 않을까 싶다. 권력 앞에 뜻을 꺾은 이규보는 곧고 강직하게 뻗은 변산의 전나무를 보며 무슨 생각을 했을까? 혹시 《동명왕편》을 쓰고, 장자를 읽던 기개 좋은 청년 이규보를 떠올렸을까?

서해에서 출발한 바람이 곰소항과 일주문을 지나 곧장 전나무 숲길로 불어온다. 해풍이 숲길을 지나갈 때마다 바늘 같은 침엽이 쉬쉬, 하며 빗소리처럼 운다. 매창도 이 길을 걸었을까? 그랬을 것이다. 유희경과 밀회를 즐겼을 터이고, 허균과는 꽃비를 맞으며 산책을 했을 것이다. 혹은 사랑의 흔적을 찾아왔다가 이 숲 어딘가에 그리움 섞인 한숨을 길게 풀어놓았을지도 모른다. 개암사와 마찬가지로 매창이 내소사를 다녀갔다는 기록은 없다. 다만 그녀가 변산에 오른 기록이 여러 편의 시에 보이고, 월명암, 어수대, 직소폭포도 찾은 것으로 미루어 등산길에 혹은 하산을 해서 틀림없이 내소사도 찾았을 것이다. 전나무가 그때 그 나무가 아니고, 지금 부는 바람이 그때 그 바람이 아니지만, 이 숲길은 매창의 시대에 그랬던 것처럼 앞으로도 사람들을 불러들일 것이다. 그리고 안타깝고 서러운 매창의 사랑 이야기를 오래도록 전해줄 것이다.

서울에서 왔다는 풍류 나그네/맑은 얘기 주고받은 지 오래 됐는데/오늘 아침 마음 바꿔 헤어지자니/술잔은 올리지만 애끓어지네.

내소사, 36cm×45cm, 흙벽화 기법에 천연 안료, 2010

_이매창 〈自傷〉의 일부

매창의 시는 한 편 한 편이 사랑을 잃은 여인의 아픔이고 눈물이고 기다림
이다. 부재, 아직도 사랑하고 있으나 곁에 사랑하는 이가 없는 부재의 시다.
동시에 그것은 소식이 없는, 돌아오지 않는 사랑을 부르는 주문이고, 단절
과 버림받음에 대한 애끓는 격정이다. 본디 사랑이라는 게 그런 것이다. 떨
리고 불안하고 기대되고 흥분되고 미워하고 애태우고 그립고 속 끓이고 질
투하고 주고 싶고 받고 싶고……. 사랑은 이렇듯 온갖 칠정의 감정을 포괄
한다. 한꺼풀 벗겨보면 이 세상에 연애와 사랑만큼 비생산적인 것도 드물지
만, 그럼에도 나는 매창의 치명적인 사랑을 지지한다. 나의 내소사행은 그
러므로, 매창의, 드러나고 또 감춰진 사랑에 대한 따뜻한 응원의 여행이다.
변산의 사랑이 다 좋지만, 솔직히 앞선 두 사내의 소유하는 사랑보다 허균
의 비소유의 사랑에 더 마음에 끌린다. 매창과 유희경, 이귀의 사랑은 완성
형 사랑이다. 결국에는 이루어지지 않았다거나 오래가지 못했다는 것과는
별개로, 독수공방하는 매창이 두 사내를 그리워한 것과는 별개로, 결합의
환희를 경험한 완성된 사랑이다. 반대로 매창과 허균의 사랑은 미완성이다.
그리워하고 서로를 욕망했으나 끝내는 소유하지 않았다. 떨리고 흥분되었
으나 그들은 절제했고, 그런 까닭에 둘 사이에는 긴장의 감정이 팽팽하게
흐르고 있었다.
매창과 허균은 밀고 당기며 10년 동안 사랑을 이어갔다. 떨어져 있으면 시
와 편지에 그리움을 담았고, 붙어 있으면 술과 문학과 거문고를 사이에 두

고 정신적인 사랑을 나누었다. 그러던 어느 날 허균은 뜻밖의 소식을 듣는다. 매창이 죽은 것이다. 1610년 여름이었다. 충격이었다. 비록 기생이었으나 매창은 10년을 사귄 정인이었고 소울 메이트였다. 상실감이 어둠처럼 밀려들었다. 허균은 크게 한 번 목 놓아 울고는 연인의 죽음을 슬퍼하는 조시弔詩 두 편을 지었다.

아름다운 글귀는 비단을 펴는 듯하고/맑은 노래는 구름도 멈추게 하네/복숭아를 훔쳐서 인간세계로 내려오더니/불사약을 훔쳐서 인간 무리를 두고 떠났네/부용꽃 수놓은 휘장엔 등불이 어둡기만 하고/비취색 치마엔 향내가 아직 남아 있는데/이듬해 작은 복사꽃 필 때쯤이면/그 누가 설도의 무덤 곁을 찾아오려나.
_허균 〈哀桂娘〉의 일부

허균은 매창을 당나라 때의 기생이자 뛰어난 여류 시인이었던 설도에 비유하는 시를 짓고는, 마지막으로 이렇게 그녀를 추억했다. "계랑은 부안의 기생이다. 시를 잘 짓고 문장을 알았으며, 노래와 거문고 또한 잘 하였다. 성품이 고결해서 음란한 짓을 즐기지 않았다. 내가 그 재주를 사랑하여 거리낌없이 사귀었다. 비록 우스갯소리를 즐기긴 했지만 어지러운 지경에까지 이르진 않았다. 그러므로 우리의 관계가 오래 되어도 시들지 않았다."
매창과 허균의 사랑은 400년이 흐른 지금도 확장되고 다시 구성되는 현재진행형 사랑이다. 무소유의 사랑! 그들의 사랑은 아직 끝나지 않았다.

나는 나만의 역사를 만들고 있는가
부석사

부석사_ 경상북도 영주시 부석면 봉황산에 있다. 676년 2월 문무왕의 명을 받고 의상이 창건했다. 이 절의 중심 건물은 무량수전(국보 제18호)이다. 우리나라에서 가장 아름다운 목조 건물로, 극락을 상징하는 아미타여래불(국보 제45호)을 모시고 있다. 지금 건물은 1358년에 불탄 것을 1376년에 다시 지은 것이다. 불상을 정면이 아니라 법당 옆면에 모신 점이 특이하다. 부석사 창건 설화와 관련이 있는 석룡이 현재 무량수전 밑에 묻혀 있다. 무량수전에서 바라보는 풍광이 압권이다. 이밖에 국보 제19호인 조사당, 국보 제17호인 무량수전 석등 등이 있다. 부석사는 종교적인 의미보다 정치 군사적인 목적을 우선하는 절이었다. 《삼국유사》에 의하면 의상이 절을 짓기 위해 터를 찾아다니다가 봉황산에 이르렀는데, 그때 이미 도둑의 무리 500명이 살고 있었다고 한다. 일연은 '도둑의 무리'라고 말했지만 영주가 고구려와 신라의 접경 지역이었던 것으로 미루어 고구려 부흥을 꿈꾸는 군사들 또는 유민들이 머물고 있지 않았나 싶다. 이 무리를 내치고 신라 정국을 안정시킬 목적으로 부석사를 지은 것이다.

고속도로를 빠져 나오자, 이윽고 색의 고장이었다.

땅 전체와 하늘의 절반이 색의 세례를 받고 있었다. 절정으로 치닫는 노란 단풍들. 가도 가도 길은 노란색이다. 은행나무는 애초부터 제 본색이 노랑이었다는 듯이, 이곳에 온 사람은 아무도 자신이 쳐 놓은 색의 늪에서 벗어날 수 없다는 표정으로 땅과 공중에 찬란한 황금빛을 뿌려대고 있다. 그리고, 조금 전부터는 붉은 열매가 단도직입적으로 시선 속으로 파고든다. 사과다. 사과는 햇빛을 받아 한껏 달아올랐다. 빛깔이 당황스러울 만큼 요염하다. 사원으로 가는 길이 왜 이렇게 관능적인가? 이렇듯 화려한 풍경을 보여주고도 부석사는 여전히 내 마음을 빼앗을 수 있다는 것인가? 저 자신감은 어디에서 오는 것인가?

부석사를 이야기 하는 것은 사실 참 난감하다. 이미 많은 선배들이 아름다운 언어로 이 절을 찬미한 까닭에, 평가나 매력을 덧붙이는 것이 자칫 사족이 되지 않을까, 걱정이 앞서기 때문이다. 최순우, 유홍준, 김봉렬, 강영조……. 많은 분들이 때로는 주관의 눈으로 때로는 객관의 시선으로 부석사의 건축과 경승을 기록했다. 나는 그들의 감성과 통찰력 앞에서 부드러운 절망을 느낀다. 그리고 시간의 벽—그들은 나보다 먼저 태어났고, 훨씬 앞서 부석사를 찾았다—앞에서 능동적인 체념에 빠진다. 이 글은 그들의 문장을 보충해주는 각주에 지나지 않을 지 모르지만, 그래도 나는 부석사를

부석사, 31cm×46cm, 흙벽화 기법에 천연 안료, 2009

이야기하고 싶다. 사유는 짧고 안목은 무딜지라도 내 '언어'와 '감성'으로 건축한 '나의 부석사'를 갖고 싶기 때문이다.

영주는 색의 고장이지만, 나를 영주 땅으로 불러들이는 건 색이 아니라 부석사이다. 시속 수백 킬로미터로 돌고 있는 지구에서 인류가 우주로 튕겨나가지 않는 것은 순전히 중력 때문이다. 나는 종종 이와 비슷한 힘을 부석사에서 느낀다. 내가 부석사로 가는 이유는 세월이 흘러도 변하지 않는 이절의 강렬한 중력이 나를 끌어당기는 까닭이다.

세상에는 누구나 인정하는 아름다움이 있다. 셰익스피어의 희곡이 그렇고, 고흐의 그림이 그러하다. 마르께스의 소설이 그렇고, 비틀즈의 음악 또한 그렇다. 그리고 부석사의 건축과 풍경이 그러하다. 부석사를 생각하면, 부석사의 무량수전을 떠올리면, 무량수전 앞으로 펼쳐진 장엄한 태백의 풍경을 상상하면, 콩닥콩닥 가슴이 뛴다.

부석사는 불국사만큼이나 허물이 없는 절이다. 그래도 시비를 걸자면, 그건 일주문이다. 일주문은 다음과 같은 이름표를 달고 있다. 태백산 부석사. 그러나 이건 과장이다. 엄격히 말하면 일주문 현판은 이렇게 바뀌어야 한다. 봉황산 부석사. 왜냐하면 부석사는 봉황산 기슭에 몸을 의탁하고 있기 때문이다. 봉황산 줄기를 거슬러 올라가면 태백산에 닿기는 하지만, 그러니까 봉황산이 태백산에서 새끼를 친 봉우리인 것은 사실이지만, 두 산은 생각보다 멀리 떨어져 있다. 게다가 태백산은 강원도에 있고 봉황산은 행정구역상으로 경상북도에 속한다. 태백산이라는 좀 더 크고 상징적인 산에

부석사로 가는 길. 부석사 진입로는 해마다 가을이면
노랗고 울긋불긋한 '색의 길'이 된다.

기대어 절의 권위를 드러내고자 이런 문패를 단 듯하다. 봉황산의 명성이 약하다고 절의 이름값이 떨어지는 것도 아닌데, 부석사는 스스로의 힘만으로도 이미 북극성처럼 빛이 나는데 굳이 이렇게까지 할 필요가 있었을까 싶다. 거듭 생각해 봐도 일주문의 과장법은 과유불급이다.

말이 나온 김에 부석사의 허물을 하나만 더 이야기하자. 이 절은 출발부터 너무 정치적이었다. 중국으로 국비 유학을 다녀 온 의상대사는 676년 문무왕의 명을 받고 영주에 부석사를 창건했다. 좋게 말하면 왕실의 후원을 받은 것이고 비판적으로 보면 종교가 권력의 배에 거침없이 올라탄 격이다. 제정일치 시대가 저문 뒤로 종교가 정치 권력에 예속되는 게 일반적인 현상이었으므로, 그리고 고구려와 백제가 그러했듯이 신라 또한 정치적인 목적으로 불교를 받아들였으므로 어찌 보면 당시로서는 부석사의 예는 특별한 게 아니었다. 실제로 백제의 미륵사나 왕흥사, 신라의 황룡사처럼 왕권이 사찰을 쥐락펴락하는 예가 벌써부터 존재하고 있었다. 하지만 사정이야 어떠하든 석가모니가 살아있었다면 의상의 태도는 땅을 치고 한탄할 일이었다. 권력의 손을 잡기는커녕 왕 자리마저 내쳐버리고 출가한 사람이 석가모니 아니었던가?

석가모니는 꿈을 선택했고, 의상은 현실에 순응했다. 도대체 누가 옳은 것일까? 대답하기 쉽지 않다. 장자는 이 세상의 일과 사물에는 시비是非, 즉 옳음과 그름이 공존한다고 했다. 장자 식으로 해석하자면 석가모니의 행위에도 시비가 있고, 의상의 태도에도 옳고 그렇지 않음이 더불어 있다는 뜻이 된다. 실제로 그렇다. 석가모니는 깨달음을 얻었으나 가족과 권력을 잃었고, 의상은 권력을 얻었으나 구도자의 순수성을 잃었다. 그러나 한번 더 생각해 보면, 석가모니가 없었다면 인류는 궁극의 정신을 얻지 못했을 것이다. 마찬가지로 의상이 없었다면 우리는 절정의 건축을 만나지 못했을 터이다. 그럼에도 다시 묻는다. 나는 누구의 길을 가야 하는 것인가?

색의 유혹을 뿌리치며 달려왔는데 또 색이 발목을 잡는다. 부석사 들머리는 다시 노랑의 물결이다. 그리고 양 옆은 새콤달콤한 사과밭이다. 그러나 일주문으로 들어선 이상, 이제는 저들도 나를 어찌할 수가 없다. 부처를 뒷배 삼아 한결 여유롭게 절을 오른다. 저들도 마음을 접었는지, 사과는 잎사귀 사이로 얼굴을 숨기고 은행나무 단풍은 바람과 놀며 희희낙락하고 있다.
길은 오른쪽으로 서서히 곡선을 그리고 있다. 많은 사람이 이 길을 앞서 올라갔다. 의상이 맨 처음 길을 놓았고, 지통과 표훈을 비롯한 그의 제자들이 뒤를 따랐다. 신라 말에는 선종을 일으킨 혜철, 무염, 도헌, 절중이 이곳에서 화엄학을 배웠다. 고려시대에는 원융이 대장경을 찍었고, 원응은 왜적이 불지른 무량수전을 고쳐 지었다. 조선 중기의 학자 주세붕은 부석사에 올라 누각이 구름보다 높다고 노래했고, 퇴계는 조사당 앞에 있는 선비화를 주제로 시를 지었다. 그리고 방랑 시인 김삿갓은 백발이 되어서야 안양루에 올랐음을 뒤늦게 한탄했다.
일주문에서 5분쯤 더 가면 천왕문이고, 천왕문을 지나면 성벽 같은 대석단大石壇이 나타난다. 어떤 것은 높이가 어른 키 세 배에 이를 만큼 석단(돌축대) 규모가 대단하다. 큰 돌과 작은 돌을 절묘하게 융합하여 만들었

부석사는 오를수록 상승하며 깊어지는, 건축적
완결성이 돋보이는 기승전결의 절이다.

남자의 여행,
비우려고 떠나서
채우고 돌아오다

는데, 작은 돌은 애들 머리 크기와 비슷하고 큰 돌은 곰 몸집만하다. 이 석단은 9세기 무렵 오늘날과 비슷한 틀을 갖추었다. 경사가 급한 땅을 창조적으로 활용한 옛 사람들의 지혜도 놀랍지만, 어마어마한 석단을 보고 있으면 장대한 스케일에 저절로 고개가 숙여진다. 장중함은 때로 숭고의 감정을 불러일으킨다.

부석사 석단은 석단 본래의 기능 그 이상으로 중요하다. 석단이 없었다면 이 절의 건축적 완성은 존재할 수 없었다. 부석사가 한 편의 아름다운 소설이라면 석단은 그 소설을 존재케 하는 플롯이다. 크고 작은 석단이 열두 개나 되는데, 석단을 쌓아 탑 자리를 마련하고, 석단을 만들어 누각을 짓고, 다시 석단을 쌓아 법당 터를 얻고…… 부석사는 석단 몇 개를 지나면 제 몸의 일부를 보여주고, 또 몇 개 오르면 다시 내면의 일부를 보여준다. 마치 계단식 논 같은 점층법 구조가 천왕문에서 무량수전까지 계속 이어진다. 석단의 수직성과 그 위에 들어선 평지의 수평성이 반복되는 것이다. 수직의 닫힘과 수평의 열림이 긴장감 넘치게 거듭되면서 절은 자연스레 깊어지고 동시에 상승한다. 이렇듯 부석사는 석단을 활용하여 기승전결의 소설적 구성을 완성하고 있다. 일주문부터 천왕문까지가 '기'라면, 천왕문부터 범종루까지는 '승'이다. 범종루부터 안양루까지가 '전'이고, 안양루 지나 무량수전에 이르면 한편의 드라마가 완성된다. '결'이다.

두 번째 대석단을 오르면, 몇 개의 석단에 의지해 층층이 앉아 있는 석물과 절집이 눈에 들어온다. 작지만 비례감이 좋은 삼층석탑 두 기, 제법 몸집이 큰 범종루, 극락과 이음동의어인 안양루, 양편에서 이들을 감싸주고 있는 전각들. 이제 저 앞의 범종루와 안양루만 지나면 마침내 드라마의 마지막 장이 펼쳐진다. 그러나 무량수전은 범종루를 다 지나도록 제 모습의 3할도 보여주지 않는다. 그뿐이 아니다. 안양루 앞에 이르면 조금 전까지 보이던 지붕조차 아예 자취를 감추어 버린다. 다가가면 멀어지고 다시 다가가면 숨어버리는 꿈결 속의 사랑 같다. 소설이나 영화 같으면 작품의 흐름으로 결말을 예상할 수 있지만, 부석사의 구조는 이마저도 허락하지 않는다. 드라마도 이런 드라마가 없다. 이윽고 안양루의 좁고 가파른 계단을 다 오르면, 마법 같은 기운이 덮치듯 달려든다. 마치 바람처럼, 태풍처럼, 천둥처럼……

무량수전을 눈앞에 두고도 현실감이 들지 않았다. 원래는 없던 건물이 갑자기 나타난 게 아닌가, 착각이 드는 것이다. 나도 모르게 저절로 한숨 같은 탄성이 흘러나왔다. 정신을 수습하고 나서 다시 무량수전을 천천히 바라본다. 당당하되 권위적이지 않고, 위엄이 넘치되 고루하지 않다. 아름답지만 화려하지 않고, 우아하되 도도하지 않다. 가까이 다가가면 힘이 넘치고 뒤로 물러서서 보면 자태가 한없이 수려하다. 칸트는 숭고함은 사람을 감동시키고 아름다움은 사람을 매료시킨다고 말했다. 나는 부석사에서 이 두 가지 감정을 동시에 느꼈다. 숭고함과 아름다움. 나는 감동했고, 매료되었다. 나는 무량수전처럼 마음을 흔드는 건축을 만난 적이 없었다. 무량수전을 만나고 나서야, 이 세상에 몸과 영혼을 얼얼하게 만드는 건축이 있다는 것을 처음 알았다. 내가 보기에 한국 건축사에서 무량수전의 가치는 무량수전을 뺀 현존하는 불교 건축의 업적을 모두 합친 것과 같다. 《천일야화》에

엷은 안개가 흐르는 무량수전. 당당하되 권위적이지 않고, 위엄이 넘치되 고루하지 않다.
아름답되 화려하지 않고, 우아하되 도도하지 않다. 한국 목조 건축의 절정이다.

카이로를 보지 못한 자는 세상을 보지 못한 것과 같다는 이야기가 나온다. 이 말을 나는 이렇게 바꾸고 싶다.

"무량수전을 보지 못한 자는 한국의 건축을 보지 못한 것이나 마찬가지다."

부석사는 무량수전 말고도 또 하나의 극적인 드라마를 준비해놓고 있다. 무량수전 마당에 서서 절 아래 풍경을 바라다 보라. 눈 앞 100리가 툭 터져 거칠 것 없이 망망하다. 산이란 모든 산이 혹은 떠오르고 혹은 가라앉으며 겹겹이 장쾌한 물결을 이루고 있다. 태양은 태초처럼 성스럽게 빛을 내리고, 하늘은 구름을 불러모아 화룡점정 하듯 풍경을 완성한다. 눈길 닿는 데까지 아득하게 펼쳐진 화엄의 풍경. 저것은 차라리 하늘과 땅이 만든 대하소설이다.

부석사가 아름다운 풍경을 얻은 것은 순전히 터 때문이다. 우리나라의 이름난 절은 대부분 능선과 능선 사이, 그러니까 깊은 계곡에 몸을 숨기고 있다. 가야산 해인사가 그렇고, 지리산의 화엄사도 마찬가지다. 계룡산의 갑사가 계곡에 자리를 잡았고, 오대산의 월정사도 골짜기에 꼭꼭 숨어 있다. 그런데 부석사는 특이하게도 가파른 산등성이 한쪽에 터를 잡고 있다. 봉황산 등성이를 툭 자른 다음, 석축을 쌓고 그 위에 절을 앉혔다. 점층적으로 상승하는 구조는, 오를수록 절은 깊어지고 전망은 탁 트이는 효과를 동시에 주고 있다. 안양루를 지나 절의 마지막 무대에 오르면, 두 개의 궁극이 펼쳐진다. 무량수전도 절정이고, 그곳에서 바라보는 산하도 절정이다. 무량수전도 극락이고, 문득 돌아보면 절 아래 풍경도 부처의 나라이다. 어떤 위대한 작가도 이처럼 감동적이고 이처럼 장엄한 절정을 동시에 창조할 수는 없을 것이다.

두 개의 궁극을 감상하고 있으면 부석사의 아름다움이 비단 구조물로서의 건축 그 자체에서만 우러나오는 것이 아니라는 생각이 든다. 인생사도 그렇지만 건축에서도 건물의 독립성만큼이나 중요한 게 '관계 맺기'이다. 스스로 빛나는 조형미도 좋은 건축이 갖추어야 할 덕목이지만 주변 환경과 얼마나 잘 어울리는가도 무척 절실한 기준이다. 기승전결의 소설적 구성을 완성시켜주는 석단들, 안양루 누하진입의 극적인 드라마, 그리하여 만나는 무량수전, 그리고 하늘 아래 펼쳐진 첩첩 봉우리들! 나는 부석사만큼 서로 통섭하면서 균형과 통일을 완성해가는 건축을 보지 못했다. 부석사는 사람이 만든 건축과 자연이 연출하는 풍경이, 안과 밖이 자유롭게 관계를 맺는, 더할 것도 뺄 것도 없는 건축의 경전이다. 부석사는 이미 천년 전에 대한민국의 모든 건축을 넘어섰다.

어느새 해가 서산에 걸렸다. 태양은 마지막 힘을 다해 산하를 붉게 물들이고는 서서히 산 너머로 물러나고 있다. 해가 기운을 잃자 이번에는 범종루의 법고가 둥둥 천지를 울리고 있다. 극즉반. 주역에 이르기를 세상의 모든 물리는 극에 달하면 반드시 되돌아간다고 했다. 정점에 이르면 내려갈 일만 남는 게 세상의 이치이다. 최상급의 건축과 화엄의 풍경에 전율했으니, 이제 이 절을 내려가야 한다.

은행나무 터널을 빠져나오며 악수도 하지 않고 부석사와 이별을 했다. 일

부석사가 펼쳐 보여주는 궁극의 풍경. 눈 앞 100리가 툭 터져 거칠 것 없이 망망하다.

부러 약속하지 않았지만 내년 또는 내후년 가을이 되면 나는 부석사의 중력에 이끌려 다시 이 길을 오르고 있을 것이다. 하늘 아래 모든 것이 변하듯이 아마도 그 사이, 부석사도 조금 달라져 있을 것이다. 마찬가지로 나도 1년 혹은 2년 전의 내가 아닐 터이다. 나는 얼마나 변해 있을까? 그 변화는 건강하고 아름다울까? 생각이 여기에 미치자 덜컥 겁이 난다. 아직 불혹의 뜻도 다 깨치지 못했는데, 노장은 언제 읽고 부처는 또 언제 공부한단 말인가? 부석사는 이미 그만의 위대한 건축사를 가지고 있는데, 나는 언제 나의 역사를 만들 수 있을 것인가? 그게 가능하기는 한 것일까?

해가 졌다. 그래도 법고는 여전히 땅을 깨우고, 숲을 울리고, 하늘을 열어 젖힌다.

대화 그리고 교감의 즐거움
수종사

수종사_경기도 남양주시 조안면 운길산에 있다. 절에 오르면 물안개가 피어오르는 두물머리 절경이 손에 잡힐 듯 다가온다. 조선 초 문신 서거정은 절 아래 풍경을 '천하제일'이라고 경탄했다. 정약용은 수종사를 신라 때 창건한 고찰이라고 말했으나 문화재는 모두 세종 이후의 것이다. 수종사는 조선의 수많은 문인, 학자들이 찾은 인문 사랑방이었다. 특히 다산 정약용은 이곳을 조선 후기 지성사의 주요 무대로 만들었다. 정약용과 초의선사를 비롯한 그의 제자들이 이곳에서 시를 짓고 토론을 했다. 다산은 수종사에 관한 글을 15편이나 남겼다. 절 마당에 서면 다산의 고향인 능내가 시야 가득 들어온다. 이 절에는 삼정헌이라는 찻집이 있다. 다산과 초의가 수종사에 심어 놓은 차 문화를 이어가고 있는 소중한 공간이다. 차를 마시며 절 아래로 흐르는 북한강과 남한강. 그리고 두 강이 감격적으로 만나는 두물머리를 오래도록 감상할 수 있다.

가을이 운길산 밑동까지 내려왔다. 저러다가 단풍이 곧 마을까지 점령할 태세다. 단풍은 산에서 마을로 내려오는데 길은 구불구불 가을 숲으로 들어간다. 그 길을 따라 나도 숲으로 들어섰다. 오를수록 단풍의 기세가 세차다. 바람이 불 때마다 나뭇잎이 우화처럼 떨어진다. 신갈나무, 느티나무, 참나무, 단풍나무, 서어나무…… 하늘에서 내리는 저 것은 낙엽이 아니라 차라리 붉은 꽃 같다. 운길산의 가을은, 지금, 절정이다.

절은 가을 숲에 숨어 있다. 술래잡기라도 하려는 듯 산마루 아래에 머리를 박고 꼭꼭 숨어 있다. 수종사. 다산 정약용이 정원처럼 여기어 생각나면 훌쩍 떠나 이내 당도했다는 그 절이다. 산비탈에 서 있는 모습이 어찌나 아찔해 보였는지 다산은 절간이 산머리에 위태롭게 붙어 있다고 표현했다.

조선의 이름난 학자는 대개 유학의 공간인 서원과 인연이 깊으나 박석무의 언급처럼 다산은 특이하게도 절과 밀접하게 연결되어 있다. 형제들과 어울려 자주 소풍을 다녔던 광주의 천진암, 유배 시절에 제 집 드나들 듯 찾아갔던 강진의 백련사, 화순 현감이던 아버지를 따라갔다가 아예 거기에서 기거하며 공부를 한 화순의 동림사, 남인 선후배들을 불러 모아 열흘 가까이 성호 이익에 관한 학술 토론회를 열었던 아산의 봉곡사, 혜장선사와 초의 때문에 인연을 맺은 해남의 대흥사, 청운의 뜻을 품고 과거 공부를 했던 서울의 봉은사, 다산의 고향과 지척인 남양주의 수종사…….

조선의 꽤 많은 학자들도 절을 찾았다. 이율곡은 신륵사와 월정사를 유람한 감상을 시로 남겼고, 추사는 이 절 저 절에 글씨를 달아 놓았다. 이황, 김종

수종사(부분), 31cm x 46cm, 흙벽화 기법에 천연 안료, 2009

수종사에서 내려다본 두물머리. 금강산과 태백산에서 달려온 물이 격하게 포옹하며 수종사 아래에서 한 몸이 된다.

직, 정철, 허균, 채제공⋯⋯. 조선의 이름난 학자나 정치가가 절 유람기나 유람시를 남기지 않은 사람이 없다. 다만 그들은 그저 나들이를 가거나 유람 길에 며칠 머문 게 대부분이다. 유학과 불교를 넘나든 김시습 정도를 빼고 나면 다산만큼 절과 인연이 깊은 학자도 찾기 힘들다. 다산은 어릴 적부터 수종사를 제 집처럼 드나들었다. 다산은 스스로 "내 유람 길은 예서부터 비롯됐다."고 고백할 만큼 수종사를 마음 깊이 담고 있었다.

수종사는 그 자체로는 특별한 절이 아니다. 다산은 신라 때 생긴 절이라며 오랜 역사를 추켜세웠지만 세월의 깊이를 음미할만한 흔적은 보이지 않는다. 오래되었다는 돌 문화재도 대개가 조선 초의 것이고, 절집은 그보다도

더 뒤에 지은 것이다. 수종사를 특별하게 해주는 것은 역사나 문화재가 아니라 이곳을 다녀간 문인들이다. 조선 전기의 대표적인 지식인 서거정, 오성과 한음의 한 축인 이덕형, 기생 홍랑을 사랑한 문장가 최경창…… . 수종사는 부처의 집이기보다는 시를 짓고 토론을 하는 조선 선비들의 문화 공간이었다. 서양에 비유하면 조선식 살롱 문화가 봄날의 꽃처럼 화려하게 피어올랐다.

조선의 문인들을 흉내 내며 천천히 비탈길을 오른다. 산이 높지는 않지만 경사는 제법 급한 편이다. 간혹 자동차가 나를 앞질러 산을 오르기도 한다. 그러나 그보다 더 많은 사람들이 직립 보행을 하고 있다. 앞선 무리의 종아리와 등산화를 보며 한동안 산길을 걸었다. 숨이 차면 멈추고 땀이 식으면

가을이 운길산을 점령했다. 수종사를 접수한 단풍이 산 밑으로 내려가고 있다.

다시 오르기를 반복했다. 걷다보니, 사실은 그저 간단한 소풍일 뿐인데 이 단순한 도보 여행이 무척 감각적인 행위라는 생각이 들었다. 시간과 공간을 그리고 세계를 온전히 능동적으로 향유하는 일이라는 생각이 드는 것이다. 귀가 열리고, 감각 세포가 안테나를 펴고, 감정의 유전자가 다시 깨어나고……. 산을 오르는 동안 내 몸에서 어떤 원초적인 변화가 일어나고 있음을 직감할 수 있었다. 닫혔던 몸과 내면이 조금씩 열리고 있었다.

걷는다는 것은 가장 인간적인 몸짓이라고, 롤랑 바르트가 말했다. 맞는 말이다. 지금 이 길을 걷지 않는다면 어떻게 앞선 사람의 숨소리를 들을 수 있고, 노루가 길게 고개를 빼고 연못을 보듯 두물머리 풍경을 고즈넉하게 바라볼 수 있겠는가. 조금 전 눈앞을 스쳐간 나비를 보고 장주의 꿈을 떠올리는 여유를 부릴 수 있겠는가? 이 순간 자동차 액셀을 밟고 있다면 어떻게 계곡을 건너가는 바람소리를 듣고, 한동안 이어지는 숲의 침묵을 즐길 수 있겠는가?

생각이 여기에 미치자 자동차가 얼마나 수동적이고 '나'와 '세계'를 단절시키는 소외의 기계인지, 뚜렷하게 다가왔다. 동시에 걷는 일이 제법 숭고하고 존재론적인 행동처럼 느껴졌다. 생각해 보면, 직립 보행을 시작하는 바로 그 순간이 인류 역사의 시작이었다. 그러므로 지금 운길산을 오르는 모든 발걸음은 인류를 존재케 한 몇 백만 년 전의 원초적이며 신화적인 그 발걸음과 같은 것이다. 걷고 있으므로, 고로 나는 존재한다는 사실을, 운길산 중턱에서 뒤늦게 깨닫고 있다.

산속 깊이 들어왔다고 느낄 즈음, 운길산은 새로운 모습을 보여주었다. 공기가 서늘해지는가 싶더니 곧이어 숲이 그윽해졌다. 지금까지 산의 등허리를 타고 왔다면 여기서부터는 운길산의 가슴골이다. 키가 장대한 아름드리나무들이 어둠처럼 깊은 숲을 만들어 놓고 있다. 높이가 불과 600미터 남짓인데도 설악이나 태백의 원시림에 온 것 같은 신비감이 든다. 어딘가에 숲의 정령이 잠자고 있을 것 같다. 깊고 신령스런 숲은 주차장과 일주문을 지나 수종사 턱밑까지 길게 이어진다.

수종사는 아담하다. 운길산 8부 능선의 비탈을 깎아 겨우 자리를 마련했다. 위도 절벽이고 절 아래도 절벽이다. 비탈에 세를 냈으니 욕심내어 전각을 지을 수 없었다. 제일 큰집이 대웅전이지만 다른 절에 비하면 아주 소박하다. 그래도 있어야 할 전각은 대부분 갖춰 놓았다. 응진전, 산신각, 약사전, 선불장, 대웅전, 종각, 다실 삼정헌이 옹기종기 모여 있다. 어떤 절집은 한 칸 건물이다. 너무 작아 아이들 장난감 집처럼 귀엽고 앙증맞다.

대웅전 옆에는 제법 세월의 더께가 낀 부도와 팔각오층석탑이 있다. 부도의 주인은 스님이 아니라 태종의 딸인 정의옹주이다. 탑 안에 넣었던 명문에 따르면 팔각오층탑은 태종의 후궁인 명빈 김씨와 성종의 후궁들이 시주한 것이다. 수종사는 조선 왕실과 인연이 깊다. 수종사 내력을 이야기 할 때 빠지지 않는 게 한때 병을 치료하기 위해 세조가 머물렀다는 이야기이고, 인조의 정의대왕대비와 고종 황제도 등장한다. 도성과 가까운 데다가 풍광 또한 극락처럼 뛰어나니 왕실의 안녕과 사후의 왕생을 꿈꾸며 수종사를 원찰로 삼았던 듯하다. 유학을 내세워 500년 내내 불교를 탄압하던 조

단풍에 물든 수종사. 수종사는 다산 정약용과 초의선사가
만든 지성의 공간이자 문화 살롱이었다.

| 남자의 여행,
비우려고 떠나서
채우고 돌아오다

선 왕실도 부처 앞에서 무릎을 꿇은 걸 보면 건강과 죽음 앞에선 다른 도리가 없었던 모양이다.

대웅전 지나 해탈문을 나서면 은행나무 한 그루 서 있다. 세조가 수종사에 들렀을 때 심었다고 전해진다. 권위주의 시대의 대통령들이 지방 관공서를 시찰하다가 그곳을 다녀간 표시로 기념식수를 했듯 세조도 절을 떠나며 은행나무를 심었던 모양이다. 척박한 땅에 뿌리를 내렸음에도 은행나무는 온갖 풍파와 세월을 이겨내고 거목으로 자랐다. 오래된 것에는 신이 깃드는 것일까? 건물도, 나무도 시간이 뼛속까지 깊이 쌓이면 신을 닮는다. 수종사 은행나무는 500년 동안 묵묵히 시간을 받아들여 마침내 신이 되었다.

수종사는 다산 이전과 이후로 나눌 수 있다. 다산 이전의 시대에도 많은 시인과 묵객, 왕족이 운길산을 올랐지만, 그럼에도 수종사는 정약용의 절이다. 다산의 고향은 남양주 능내(두릉, 마재, 소내)이다. 구불구불 수 백리를 걸어온 북한강과 남한강이 양수리에서 만나고, 얼마 후 다시 경안천과 합쳐지는, 그러니까 접두사를 떼어낸 한강이 본격적으로 시작되는 곳이다. 구름과 안개가 한 몸처럼 공존하는 아름다운 마을이다. 겸재 정선은 이곳의 경치에 반해 〈독백탄〉이라는 진경산수화를 남겼다. 또 영국의 지리학자 이사벨라 버드 비숍은 "경치의 변화나 아름다움, 그리고 예기치 못함은 무슨 말로 감탄해야 할지 할 말을 잃게 했다."고 그녀의 책 《한국과 그 이웃 나라들》에 기록하고 있다.

그의 고향에서 정면으로 보면 광주 분원이고 고개를 왼쪽으로 돌리면 운길산 수종사이다. 다산의 표현대로 수종사는 정약용의 정원이었다. 소풍 삼아 들르기도 하고, 청소년기에는 아예 절에 머물며 과거 공부를 하기도 했다. 선방에 머물며 외로이 책을 읽은 탓일까? 공부를 마치고 돌아갈 때는 언제나 쓸쓸하고 적막했다고, 다산은 10대의 수종사를 축축하게 기억하고 있다.

청춘 시절에도 수종사를 찾았다. 1783년 봄, 과거에 급제하여 광주목사가 보내준 악단의 환영을 받으며 금의환향했다. 목만중, 오대익, 윤필병 등 당시의 젊은 문신이 축하객으로 함께 내려왔다. 며칠 후 혹은 소를 타고 혹은 노새를 타고 한양에서 온 벗들과 수종사로 소풍을 떠났다. 밤이 되자 달빛이 낮처럼 밝았다. 뱀처럼 달리는 겹겹 산줄기가 드러났다. 각자 달빛에 젖어, 달빛에 젖은 산사를 산책하다가 가슴에서 서정이 안개처럼 피어오를 즈음 술상을 앞에 놓고 시를 지었다. 문인들의 시 읊는 소리와 웃음 섞인 맑은 대화가 산 아래로 퍼져나가 이윽고 잠자는 한강을 깨웠다.

두릉이 다산을 중심으로 한 조선 후기 지성사의 메인 무대였다면, 수종사는 '다산학단'의 베이스캠프였다. 대화와 공감, 토론이 이루어지는 사랑방이자 문화 아지트였다. 사랑방의 주인장은 다산이었고, 초의선사와 다산의 두 아들과 정조의 사위 홍현주가 다산과 동행했다. 다산 옆에 초의가 없었다면 수종사는 그냥 다산의 정원으로 끝날 수도 있었다. 초의가 그의 뒤를 따랐기에 수종사는 더욱 풍부한 지성의 역사를 가질 수 있었다. 초의는 1809년 다산을 처음 만났다. 다산이 강진에서 귀양살이를 한 지 8년이 지날 무렵이었다. 다산의 나이 48세, 초의가 스물네 살 때였다. 유학과 불학

남자의 여행,
비우려고 떠나서
채우고 돌아오다

을 넘나들며 화엄의 우정을 나누던, 당시 해남 대둔사의 대종장大宗匠 혜장선사가 다리를 놓은 듯하다.

요즘으로 치면 정약용은 '엄친아'였다. 친가도 8대 연속 홍문관 학사를 배출하는 등 집안이 좋았지만 외가인 해남 윤씨 또한 조선의 문예를 빛낸 명문가였다. 아버지는 진주목사를 지냈고, 어머니는 윤선도의 증손자이자 조선 후기의 선비 화가인 윤두서의 손녀였다. 다산은 왕의 남자로 승승장구하다가 정조 사후 졸지에 유배객의 처지가 되었으나 그의 학문은 오히려 그때부터 꽃피기 시작했다. 학문의 절정기에 다산을 만난 건 초의에게는 대단한 행운이었다. 그는 대둔사의 승려들이 걱정할 만큼 학교에 오가듯 다산초당을 드나들며 시와 논어, 주역을 배웠다. 다산은 배움의 자세와 생활 태도까지 가르치며 초의를 아꼈다. 1812년에는 그림에 재주가 있다는 것을 알고 초의에게 유배지 풍경을 담은 〈다산도〉를 그리게 했다.

다산과 초의는 유배가 끝난 뒤에도 깊은 사제의 인연을 이어갔다. 초의는 직접 키운 차를 들고 종종 스승을 찾아왔다. 1815년 겨울에는 다산을 뵈러 왔다가 한동안 수종사에 머물기도 했다. 초의의 스승에 대한 존경심이 남달랐고, 다산도 예전부터 초의를 가까운 곳에 두고 싶어 했던 까닭이다. 그러나 따뜻한 남도에서 생활해 온 초의에게 북풍과 차가운 강바람을 다 맞아야 하는 수종사의 겨울은 너무 추웠다. 다산은 제자의 건강을 염려하여 아들 학연에게 일러 수락산 학림암으로 거처를 옮겨주기까지 했다.

1830년 즈음, 초의는 서울에도 이름이 알려질 만큼 유명한 선사가 되어 있었다. 그해 11월 초의는 해남에서 상경하여 죽로차를 들고 마재로 스승을 찾아뵈었다. 그리고 며칠 후 다시 운길산방 수종사를 찾았다. 이번에는 '두릉시회'의 멤버인 홍현주 · 정학연 형제 · 박종림 · 박종유가 동행했다. 홍현주가 다산도 함께 가기를 권했으나 이미 늙어 산을 오를 수 없어 사양했다. 젊음 사람들은 우레와 눈보라 뚫고 절로 향했다. 다산은 마음으로는 말채찍을 준비하고 수레바퀴에 기름도 칠하지만 실상은 오르지 못하는 아쉬움을 시로 달랬다. 일행이 절집에 이르자 눈이 한 자나 쌓여 있었다. 15년 전 초의가 사귀었던 승려는 한 사람도 보이지 않았다. 스승이 산 아래에서 수종사를 떠올리며 시를 짓는 동안 산 위의 제자도 "절문 들자 아는 얼굴 하나 없다."며 안타까운 마음을 시에 담았다. 그들은 3일 동안 머물렀는데 차와 시의 향기가 피어오르고, 토론과 선문답이 오고가는 서정과 지성의 나날이었다. 뒷날 다산은 후학들이 운길산방 나들이를 기록한 글을 모아 친필로 《수종사유첩》을 엮어주었다. 문집 마지막에는 초의를 위한 발문까지 써주었다. 사제의 정은 잘 익은 가을처럼 깊어질 대로 깊어져 있었다.

사제지간의 교감은 묵처럼 진하게 번져 또 한 사람에게 가 닿는다. 추사 김정희다. 추사가 수종사를 찾았다는 기록은 없다. 그러나 '다산학단'과는 인연이 깊다. 추사가 초의를 처음 만난 것도 다산을 통해서였다. 추사는 강진 유배 시절부터 다산과 교류했다. 1813년 다산이 추사에게 보낸 편지를 보면 추사는 이미 다산의 아들 정학연도 알고 있었다. 정약용과 추사의 부친 김노경이 비슷한 연배이니 다산이 왕의 남자이던 시절부터 두 집안이 알고 지낸 게 아닌가 싶다.

물안개가 피어오르는 가을 한강. 사진 오른쪽
산자락 밑이 다산의 고향 능내이다.

다산이 해배된 뒤에도 둘은 교류를 이어갔다. 해배되어 두릉에 머물던 어느 가을 날, 청자 화분에 담긴 수선화가 다산에게 배달되었다. 추사가 평양에 들렀다가 중국에 갔다 오던 사신이 평양 감사에게 선물한 수선화를 얻어 고려자기 화분에 담아 보낸 것이다. 다산은 추사의 마음 씀씀이에 감격하여 시를 지었다. 외딴 마을 동떨어진 강변에서는 보기 드문 것이라서 수선화를 놓고 집안이 떠들썩했던 모양이다. 손자는 억센 부추 잎을 닮았다하고, 어린 여종은 일찍 튼 마늘 싹이라며, 신기해 하는 내용이 그의 시에 나온다. 멀리 평양까지 가서 다산을 떠올리는 추사의 내면도 눈물겹게 아름답고, 선물을 보낸 후배에게 시로 화답하는 대학자의 영혼도 더없이 맑고 깨끗하다. 옛 사람의 사귐은 이토록 정겹고 애틋했던가? 뒷날 추사는 제주도 유배지에서 "희게 퍼진 구름 같고 새로 내린 봄눈 같은" 수선화를 애지중지 끼고 살았다. 추사는 창가에 핀 수선화를 보며 다산을 생각하지 않았을까? 나이와 당파를 건너 뛴 깊고 두터운 사귐을 쓸쓸하고 적막한 외딴 섬에서 사무치게 그리워하지 않았을까?

다산이 추사와 교류한 점은 사실 좀 뜻밖이다. 나이도 스물네 살이나 터울이 나지만, 다산은 남인 계열이었고 추사는 노론 벽파였기에 당시의 정치 지형만 놓고 보면 두 집안은 정면으로 대립하는 관계였다. 모함하고 모함받고, 귀양 가고 귀양 보내는 일이 일상처럼 벌어지는 어둠의 시대에, 당파에 매이지 않는 깊은 교유와 아름다운 존중이 이루어지고 있었던 것이다. 당대 최고 지식인의 교류는 시대의 상식과 금기를 초월한, 진흙 속에서 피어난 지성의 꽃이었다.

정약용 사후에도 추사와 다산학단의 만남은 계속되었다. 다산의 주선으로 인연을 맺은 초의와 추사는 금방 서로에게 지음이 되어 때와 처지를 가리지 않고 아끼고 사랑하며 40년 동안 우정을 이어간다. 지금 남아 있는 것만 해도 추사가 초의에게 보낸 편지가 40통 가까이 된다. 그리고 추사의 제자인 소치의 증언에 따르면, 김정희는 제주도 유배에서 풀려난 뒤 정학연, 정학유 형제와 두릉과 강상(추사가 살던 용산 한강변의 마을)을 오가며 깊이 교류를 하였다. 추사가 강진 다산초당에 걸린 두 개의 현판 글씨를 쓴 것도 이런 배경과 연결되어 있다. 다산초당도 그렇지만 보정산방寶丁山房이란 글씨도 눈여겨 볼만하다. 보정산방이란 '정약용을 보배롭게 생각하는 집'이라는 뜻이다. 추사는 불과 네 글자에 다산에 대한 존경심과 두 사람 사이의 두터운 교감을 모두 담았다.

다산은 조선 500년을 통틀어 누구도 범접하기 힘들만큼 많은 저작을 남겼다. 그는 행정가였고, 학자였으며, 시인이었고, 건축가였고, 과학자였다. 추사 또한 다툴 사람이 없는 경지에 이르렀다. 그 역시 학자였고, 행정가였고, 시인이었다. 그리고 예술가였다. 나이와 당색, 학문적 견해 차이를 초월한 당대 두 거장의 사귐이 애틋해서 눈물겹고, 존중하는 마음이 깊고 커서 새벽 종소리처럼 마음을 울린다.

수종사 마당에 서서 산 아래 풍경을 내려다본다. 산줄기는 남으로 서로 제 각기 내달리고, 금강산에서 출발한 물과 태백산에서 달려온 물이 격하게 포옹을 한다. 이윽고 한 몸이 된 물줄기는 불타는 가을을 눈에 넣으며 다산의 고향을 지나 천천히 서해로 흘러간다. 이두수二頭水(두물머리, 양수리), 정약용이 누각의 문을 열면 강물이 들어오는 것처럼 보인다고 말했던 그 두물머리다. 관념으로만 생각했던 합수 장면을 눈앞에서 보고 있자니 가슴 밑바닥에서 뜨거운 감정 덩어리가 울컥 올라온다.

풍경은 저마다의 표정을 가지고 있다. 양수리 풍경은 그곳에 살거나 거쳐간 사람들의 정서와 감정, 이야기를 품고 있다. 강과 더불어 산 고금의 농민과 어부들, 한강을 유람한 시인과 예술가들, 뱃사공, 장사치들, 뗏목지기……. 저 강은 그들의 희로애락을 기억하고 있다. 양수리 풍경은 원초적인 자연에 인간의 삶과 감성이 보태어지면서 완성된 것이다. 한강을 보면서 안동으로 귀향하는 이황을 생각하고, 섬과 강물을 화폭에 담는 겸재 정선을 떠올린다. 강변에서 쑥을 캐며 콧노래를 흥얼대는 아낙네를 상상하고, 강물을 거슬러 노를 젓는 사공의 가쁜 숨소리를 듣는다. 과거에 낙방한 선비의 푸욱 꺼진 어깨를 떠올리고, 차나무 가득한 산(다산)이 되고자 했던, 그렇게 자연이 되고 스스로 풍경이 되고 싶었던 정약용을 생각한다.

아까부터 강 안개가 모락모락 피어오르더니 서서히 산 아래 풍경을 지우고 있다. 안개는 어느새 물의 표면을 덮고, 한강에 떠있는 작은 섬도 지워버렸다. 시간이 흐를수록 기세가 심상치 않다. 안개는 이제 도로와 마을을 차례로 삼킨 뒤 천천히 산을 오르고 있다. 이에 뒤질세라 운길산도 구름을 만들어 아래로 내려 보낸다. 안개는 올라오고 구름은 하강하며 서로의 경계를 허물고 있다. 어디까지 안개이고 어디부터가 구름인가? 지금, 사방은 운무의 나라이다.

일탈이 규범보다 아름답다
구층암

구층암_전남 구례군 마산면 화엄사 뒤편에 있는 작은 암자이다. 다듬지 않은 모과나무를 천연덕스럽게 기둥으로 사용한 파격적인 건축이 인상적이다. 건축 문법이나 기둥의 일반적인 격식을 뒤집은 상상력이 유쾌하면서도 도발적이다. 기존 건축 질서에 구애 받지 않은 해학과 일탈의 미학을 보여준다. 날 것의 모과나무를 기둥으로 삼은 목수의 실험 정신도 놀랍지만 이 파격적인 제안을 기꺼이 수용한 구층암 스님들의 열린 태도 또한 감동적이다. 재미있는 것은, 지금 기둥이 제 몫을 다하면 훗날 다시 모과나무로 기둥을 삼겠다는 듯이 마당 한편에 능청스럽게 모과나무 두 그루를 심어놓았다는 점이다. 수령이 20년은 되어 보인다. 누군가 구층암 모과나무 기둥에서 해학과 자유, 전복의 가치를 읽는다면, 지리산까지 달려간 시간과 노력의 본전은 물론 그 몇 배쯤 되는 이자까지 챙겼다고 봐도 무방하다.

문학 용어 중에 시적 허용이라는 말이 있다. 시적 효과를 높이기 위하여 어순의 변화, 비문법적인 표현, 신조어 사용 등을 허용하는 것이다. 사찰이 하나의 시라면 구층암은 시적 허용이 극단적으로 표현된 절집이다. 소설에 비유하면, 화엄사가 배수아의 작품을 닮았다면, 구층암은 한유주의 소설과 근친이다.

2년 전 최하연 시인의 권유로 한유주 소설을 읽었다. 〈허구〉라는 작품이었던가? 아니다. 〈허구 0〉이었던 것 같기도 하다. 그녀의 작품에 비하면 (화엄사에 비유한) 배수아 소설은 얌전한 편이었다. 첫 장을 넘기기도 전에, 기존 소설 문법에서 멀찍이 떨어져 나온 문장임을 알아차릴 수 있었다. 메마르고 어떤 면에서는 오프로드를 달리는 자동차가 돌부리에 걸리는 것처럼, 익숙하지 않은 낱말과 문장이 가로막아 독서 속도를 더디게 했지만, 그녀의 파격적인 상상력과 낯설고 독창적인 문체 때문에 책을 놓을 수 없었다. 그녀의 작품과 비슷한 사례를 건축에서 찾는다면 그것은 틀림없이 구층암일 것이다. 문학평론가 이광호는 한유주의 소설을 한국의 유전자 구조에서 이탈한 작품이라고 말했다. 마찬가지로 모과나무를 기둥으로 쓴 구층암은 사찰 건축의 경계를 넘어선 일탈과 파계의 절집이다.

화엄사에서 위쪽으로 한 5분쯤 오르면 구층암이 나온다. 구층암에 이르는 길은 아늑하고 서정적이다. 길 옆은 울울한 대숲이다. 대나무는 제 이름에 걸맞게 곧고 푸르게 뻗어있다. 바람이 지나갈 때마다 대숲이 사각사각, 우는데 그 소리를 듣고 있으면 세속의 티끌이 조금씩 씻겨나가는 느낌이 들어 기분이 절로 상쾌해진다.

꼭 구층암이 아니더라도 절 주변에 유난히 대숲이 많다. 대숲은 산짐승의 피해

구층암, 36cm x 45cm, 흙벽화 기법에 천연 안료, 2010

를 막기 위한 일종의 울타리다. 생각해 보면 울타리 구실을 하면서 조경의 멋을 내기에는 대나무만한 게 또 있을까 싶다. 게다가 대숲에 이는 바람 소리는 들으면 들을수록 정신을 고요하게 해주니 마음 공부를 하는 사원에 이만큼 잘 어울리는 나무도 흔치 않을 것 같다. 어디 그뿐인가. 우리는 망설임 없이 곧게 자라는 대나무에게서 강직함을 배우고, 놀랄 정도로 빠른 성장 속도에서 생명의 경이로움을 느끼지 않던가. 그래서 옛날부터 대나무를 소나무만큼이나 융숭하게 대접하지 않았나 싶다.

길을 오를수록 대숲은 깊어진다. 쥐새끼 한 마리 빠져나가지 못할 만큼 창창하다. 계곡물이 지즐대는 작은 징검다리를 건너고, 갈지之자 모양으로 굽은 좁고 급한 숲길을 오르자 이윽고 구층암이다.

구층암은 화엄사에 비하면 참 소박한 암자이다. 여기저기 상처를 입은 석탑이 몇 걸음 다가와 방문객을 맞는다. 암자의 이름으로 보아 9층탑이 있어야 할 것 같은데 난데없이 곳곳이 헤지고 깨진 3층탑이 무심히 암자를 지키고 있다. 석탑을 빼고 나면 제법 의젓한 본채, 살림집을 연상시키는 별채, 그리고 그보다 더 작은 천불보전이 이 암자의 전부이다.

사실 겉으로 보면 우리나라 어디에서나 볼 수 있는, 큰 절에 딸린 무색무취한 암자와 크게 다를 바 없다. 석탑은 이미 탑이라고 불러주기에 민망할 정도로 제 모습을 잃었고, 인상적인 건축미나 특별한 조형미로 눈길을 모으는 당우도 없다. 그러나 이것은 겉으로 본 구층암의 인상일 뿐이다. 이 암자의 진짜 모습은 본채 뒤로 돌아가야 만날 수 있다. 모과나무 기둥이다.

구층암 본채. 저 본채를 돌아가면 파격의 모과나무 기둥을 만날 수 있다.

미셸 뚜르니에는 르 끌레지오와 더불어 프랑스를 대표하는 소설가이다. 미셸 푸코, 질 들뢰즈 등과 더불어 철학 공부 그룹을 만들어 활동하기도 했던 그는 사진 에세이 《뒷모습》에서 전면보다 더 많은 표정과 이미지, 감성을 담고 있는 이면의 본질을 이렇게 말했다.

"뒤쪽이 진실이다."

나는 구층암에 갈 때마다 모과나무 기둥이야말로 미셸 뚜르니에가 말한 뒷모습의 매력을 파격적으로 구현하고 있다는 생각을 한다. 구층암은 잔가지를 대충 쳐낸 다음 모과나무를 통째로 기둥으로 사용했다. 울퉁불퉁하고 가지가 삐죽삐

죽 튀어나온 모습이 너무 의아해 처음엔 저게 무슨 기둥인가 싶다. 기둥이 아니라 고사목 같다. 아니, 기둥이라기보다는 설익은 장식 같았고, 무슨 설치물 같았다. 그런데, 가까이 가서 보니 범상치 않다. 팔은 잘렸지만 몸뚱이는 살아있는 것처럼 생생하고 역동적이다. 오랜 세월 단련시킨 단단한 근육이 팽팽하게 긴장하고 있다. 어디에서 잘라 옮겨 온 게 아니라 살아있는 모과나무를 그대로 두고 그 자리에 집의 뼈대를 만들고 기와를 얹은 게 아닌가, 착각이 들기도 한다.

생동감도 생동감이지만 모과나무 기둥의 매력은 건축의 궤도를 벗어난 무모함과 능청스런 해학이다. 모과나무를 절집 기둥으로 삼은 것도 뜻밖인데, 여기에서 한 발 더 나아가 날 것을 그대로 사용했다. 이 상식 밖의 일탈을 어떻게 받아들여야 할까? 이 암자의 건축가는, 혹은 목수는 무슨 생각으로 저 날 것의 미학을 구현한 것일까? 한국 건축에 이렇듯 거침없는 파격이 또 있을까?

모든 일에는 시작부터 그 일을 주관하는 사람의 내적 판단이 개입하게 마련이다. 그 사람의 감성, 생각의 무늬, 철학적 태도가 자연스럽게 그러나 필연적으로 작업에 스며들게 되는 것이다. 아마도 이 암자의 건축가는 기둥은 둥글거나 네모 반듯하거나 배흘림이어야 한다는 관념을 깨고 싶었던 모양이다. 하지만 기존 형식을 전복하는 일은 생각만큼 쉽지도 단순하지도 않다. 제 안에 들어와 이미 자리를 튼 통념부터 내보내야 하기 때문이다. 스스로 '나'의 일부를 도려내는 아프지만 즐거운 혁명을 한 뒤에야 비로소 가능한 일이기 때문이다. 형식을 깨는 순간, 새로운 세계가 열리는 법이다.

구층암에서 나는 이름 모를, 그러나 고정 관념의 자장에서 멀찍이 벗어난 어느 비주류 목수의 내면을 본다. 기둥을 만드는 내내 그는 혼자만의 불안한 카니발

구층암의 모과나무 기둥. 잔가지를 대충 쳐낸 다음 모과나무를 통째로 기둥으로 사용했다. 파격의 궁극을 보여준다.

을 벌이고 있었을 것이다. 기존 질서를 깨트리는 데서 오는 통쾌함에 몸을 떨기도 하고, 어느 순간에는 이렇게까지 해도 되는 것인가 싶어 문득 불안해하기도 했을 것이다. 새로운 세계로 여행을 떠나는 자의 마음이 이와 비슷하지 않을까? 설레고, 불안하고, 기대되고, 떨리고, 그러다가 다시 흥분되고……. 신명과 이성 사이에서 위태롭지만 아름다운 줄타기를 끝낼 즈음, 그의 앞엔 세상에 없는 또 하나의 건축이 존재를 드러냈을 터이다.

우리가 기억해야 할 것은 목수의 창의성만이 아니다. 건축주 (혹은 스님)의 열린 자세가 없었다면 모과나무 기둥은 존재하기 힘들었다. 기둥의 형식을 극단까지 확장하려는, 보기에 따라 무모하기까지 한 목수의 실험 정신을 유쾌하게 받아들인 건축주의 헌신적인 포용성을, 그러므로 우리는 더불어 기억해야 한다. 손을 내민 복수와 그 손을 맞잡은 스님. 사람 사이의 공명은 이렇듯 아름다운 일탈을 낳기도 한다.

나라 안에는 구층암 말고도 날 것의 미학을 보여주는 불교 건축이 꽤 많은 편이다. 청룡사 대웅전, 개심사 심검당과 범종각의 제멋대로 휘어진 목재는 상식을 뒤엎은 파격의 미를 보여준다. 하지만 구층암 기둥에 비하면 파격도 아니다. 나는 구층암 모과기둥을 볼 때마다 관념의 밑바닥을 흔드는 심리적 지진을 느낀다. 용처럼 꿈틀거리는 기둥이 고정 관념의 감옥에서 탈출하라고, 정신의 앙시 앙레짐(구체제)에서 벗어나라고 내 등에 죽비를 내리친다.

모과나무 기둥은 차라리 자유이고 혁명이다. 그리고, 해탈이다.

위대한 말은 담담하다
무위사

무위사_ 전남 강진군 성전면 금강산을 닮은 월출산 아래에 있다. 다산 정약용은 기암절벽이 기묘한 절경을 연출하는 월출산을 크고 날카로운 뿔이 몇개 꽂힌 것 같다고 표현했다. 신라 후기인 875년(헌강왕 1년)에 도선국사가 창건하고 갈옥사라 하였으나 10세기에 무위갑사로 이름이 바뀌었다. 그 뒤 이름이 몇번 더 바뀌었다가 1555년 무위사로 개칭되었다. 이 절의 하이라이트는 국보 13호인 극락보전이다. 1476년에 지어졌으며 수덕사 대웅전과 건축 형식이 비슷하다. 더하거나 뺄 것이 없는, 그 자체로 이미 완결성을 가진, 사람에 비유하면 지성과 덕, 그리고 감성까지 겸비한 지식인 같은 매력적인 건축이다. 무위사는 벽화의 사찰이다. 극락보전 후불벽화와 후벽벽화, 그리고 보존각의 벽화 모두가 보물로 지정되어 있다. 보존각의 벽화는 1955년과 1979년 해체하여 보관하다가 2006년 보존처리를 한 후 관람객에게 공개하고 있다. 절 부근에 넓고 풍경이 아름다운 차밭이 있다.

무위!

나는 순전히 이 말에 이끌려 무위사를 찾는다. 부석사는 숭고한 건축의 자장에 끌리고, 수덕사는 깊은 추억과 애증의 감정에 이끌려 찾아가지만, 무위사는 절 이름이 좋아서 내려간다. 예전에도 그랬고, 지금도 그렇다. 나는 '안녕'이라는 단어만큼이나 '무위'라는 말을 좋아한다.

동백이 다 떨어진 90년대 초반의 어느 늦봄, 강진 백련사에 갔다가 무위사가 지척이라는 말을 듣고 한 걸음에 달려갔던 기억이 초봄에 새싹 자라듯 새록새록 피어난다. 그 무렵 나는 노자와 장자에 꽂혀 있었는데, 지금 생각하면 노장을 제대로 이해하지도 못한 채 그저 조금 시건방져 있었던 게 아닌가 싶다. 아무튼 그 즈음 나는 《녹색평론》을 읽으며 인간과 자연의 불화를 고민하고 있었고, 그러다가 조급한 마음에 답을 찾을 요량으로 노장 근처를 배회하기 시작했다. 90년대 초중반, 내 영혼을 지배하고 있었던 건 《녹색평론》, 노자와 장자, 그리고 마루야마 겐지의 소설이었다.

모든 게 한적했다. 절로 가는 길도, 사하촌도, 무위사도 무척 한적했다. 움직임이 없는, 대숲과 동백나무 숲에 바람이 조용하게 일뿐 그 밖의 모든 게 정지해 있는 듯한, 그래서 진짜 '무위의 세계'로 들어온 것 같은 착각이 들었다. 쓸쓸함과 신비함이 알맞게 뒤섞인, 그러나 한 번도 경험한 적이 없는 고요함이 절을 부드럽게 감싸고 있었다. 나는 절 마당의 이쪽과 저쪽을 몇 번이고 오가며 적막과 고요를 즐겼다. 무료해지면 눈에 들어오는 의자에 아무렇게나 앉아서 절집과 감나무와 동백나무 숲과 한 달에 한 번 달덩

이를 낳는다는 월출산(강진 유배 시절 다산 정약용은 도봉산을 빼닮은 이 산을 볼 때마다 한양을 그리워하며 중앙에서 쫓겨난 유배객의 쓸쓸함을 달 랬다.)을 무념의 눈으로 오래도록 바라보았다. 그러다가 다시 자리에서 일 어나 마당을 거닐고······. 봄날의 늦은 오후, 무위의 세계에서 나도 한동안 그렇게 '무위'하고 있었다. 그러자, 잘 발효된 차를 마신 것처럼 어느새 마음이 따뜻해졌다.

극락보전이 눈에 들어온 것은 그 다음이었다. 마당을 산책할 때 보지 못한 건 아니다. 절 분위기에 젖어 있던 까닭에 실체감이 들지 않았을 뿐이다. 극락보전은 어디서 본 듯했으나 사실은 처음 보는 건축이었다. 세월의 서정이 깊게 스며들어 있으나 부석사 무량수전과는 구조가 다르다. 수덕사 대웅전을 닮았으나 그보다는 웅장하지 않고, 겉모양은 비슷하나 봉정사 극락전에 비하면 기품이 남다르다. 조선 초기(1476, 국보13호)에 지어진 극락보전이 고려의 건축인 수덕사 대웅전, 봉정사 극락전과 외양이 비슷한 것은 나라가 바뀐 뒤에도 건축 양식이 아직 남아 있어서 그랬을 것이다. 의식주가 그렇듯 문화도 쉬이 바뀌는 것은 아니다. 전통이란 원래 그런 것이다. 나는 가까이 다가가 전각의 이곳저곳을 찬찬히 살펴보기도 하고, 다시 뒤로 물러나 건물을 하나의 프레임에 넣어 보기도 했다. 사람을 압도하지 않지만 보면 볼수록 은근한 힘이 느껴졌다. 저 묘한 매력의 정체는 무엇인가? 스스로 빛을 내는 힘은 어디에서 오는 것인가?

극락보전은 단아한 선비를 떠올리게 한다. 그 선비가 서재에 놓아둔 백자를 닮았고, 아침저녁으로 아끼며 감상했을 고사관수도를 닮았다. 난 지금까지

무위사, 36cm x 45cm, 흙벽화 기법에 천연 안료, 2012

지성과 덕, 그리고 감성까지 겸비한 건축을 보지 못했다. 장자는 제물론에서 위대한 말은 담담하고 시답지 않은 말은 수다스럽다고 했다. 장자의 말처럼 극락보전은 담담하다. 담담해서 아름답고, 담담해서 위대하다. 극락보전은 더하거나 뺄 것이 없는, 그 자체로 이미 완결성을 가진, 하나의 독립된 건축이다. 노장의 문체로 말하면 '무위의 건축'이고, 공자의 어법으로 표현하면 넘치지도 부족하지도 않은 '중용의 건축'이다.

무위사와 극락보전. 하나는 도교의 언어이고, 하나는 불교 용어이지만 둘은 사실 같은 말이나 다름없다. 무위자연은 노장이 꿈꾼 유토피아이고, 극락은 부처가 꿈꾼 무릉도원이 아니던가. 무위사가 극락보전을 안고 있으므로 굳이 따지면 도가가 불가를 품은 격이지만, 반대로 생각하면 부처를 모시는 사원에 노자의 문패를 내걸었으니 불교의 포용성도 그에 뒤지지 않는다. 누가 누구를 안았다고 하더라도 그것은 아무래도 좋다. 중요한 것은 도교도 불교도 절대 자유와 절대 행복을 꿈꾸었다는 사실이다.

노자와 석가모니는 동시대 사람이다. 기원전 6세기경, 한 사람은 인도에서 태어났고, 한 사람은 중국에서 태어났다. 현실에서 이상사회를 꿈꾼 공자도 그 즈음 세상에 나왔다. 공간이 다르고 방법이 조금 다르지만 같은 시기에 세 사람이 동시에 유토피아를 꿈꾸었다는 것은, 인류사의 사건이다. 뒤집어 생각하면 그 시기가 인류가 한 번도 경험한 적이 없는 혼돈의 시대였다는 뜻이기도 하다. 인도에서는 도시 국가 사이의 정복 전쟁이 200년 넘게 이어졌고, 중국에서는 열강들이 쟁투하는 춘추시대였다. 전쟁과 혼돈

눈이 내린 겨울 무위사. 무위사 극락보전은 넘치지도 부족하지도 않은 '중용의 건축'이다.

이 역설적으로 이상사회의 꿈을 잉태하고 있었던 셈이다. 조금 거칠게 말하면 인류의 역사는 둘로 나눌 수 있다. BC 6세기 이전과 이후로. 기원전 6세기는 그만큼 세계사적인 전환기였다. 바야흐로 인류 역사에 인간과 철학의 시대가 도래한 것이다.

나는 한때 '무위'에 대해 그다지 호의적이지 않았다. 아무 것도 하지 말라니? 이건 너무 소극적이지 않은가, 하고 말이다. 하지만 지금은 그렇지 않다. 노자의 말의 행선지가 백성보다는 권력자에게 먼저 향하고 있음을 뒤늦게 알고는, 비판적 시선을 서슴없이 철회했다. "위정자가 세금을 많이 거두니 백성이 굶주리고, 지나치게 하는 일이 많으니 오히려 제대로 다스리지 못하고, 생명을 업신여기니 백성들이 가벼이 죽는다." 말의 화살은 틀림없이 폭압을 일삼는 주나라의 위정자에게 향해 있었다. 권력을 사용할 때는 자연이 스스로 그러하듯 처음부터 끝까지 우주질서에 순응하라는 게 노자의 사자후였다. 권력을 위한 '인위'人爲의 부정과 '무위자연'에 대한 절대적인 긍정. 아, 이건 저항의 언어가 아니던가.

소국과민小國寡民. 노자가 꿈꾼 이상사회는 소수의 백성이 사는 작은 나라였다. 배나 수레가 있어도 타고 다닐 필요가 없을 만큼 작은 땅과 백성들이 서로 형제처럼 어울리는 작은 사회. 그가 꿈꾼 사회는 '유위'有爲와 '인위'가 아예 작동할 필요가 없는 촌락 같은 자급자족 공동체였다. 노자의 '소국과민'을 생각하면 자연스럽게 도연명의 〈도화원기〉가 떠오르고, 안견의 〈몽유도원도〉가 연상된다. 지리산에 있다는 전설의 낙원 청학동천이 생각나고, 마지막에는 우리 아버지가 떠오른다.

1972년, 박정희의 유신헌법을 계기로 대한민국의 역사는 엄동의 겨울로 돌아가고 있었다. 그 무렵 아버지는 뜻이 맞는 몇 분들과 충청도 내포지방 끄트머리에 협동농장을 꾸리셨다. 더불어 사는 삶과 친환경 유기 농법을 실현하는 게 그분의 꿈이었다. 협동농장 다음 단계는 공동체 마을이었다. 작은 농사꾼은 농작물을 살리고, 큰 농사군은 생명을 살린다. 아버지는 종종 당신의 농사 철학을 이렇게 표현했지만, 그러나 협동농장 일은 생각처럼 잘 풀리지 않았다. 몇 가지 이유가 있었지만 제일 큰 원인은 너무 앞서 시작한 유기 농법에 있었다. 그때는 유기 농산물이 생소하기도 했거니와 수요 또한 많지 않았다. 당연히 유기 농산물 유통 구조가 허약했고, 요즘처럼 친환경 농산물 전문 매장도 거의 없었다. 사정이 이러하니 유기 농산물이 화학 농법으로 키운 농산물과 같은 값으로 팔려나가는 일이 비일비재했으며, 상품성 때문에 더 낮게 팔리는 예도 많았다. 품과 돈, 정성을 더 쏟아도 돌아오는 것은 같거나 그보다도 못했던 것이다. 몇 년 뒤, 협동농장과 공동체 마을을 향한 실험은 수포로 돌아갔다.

아버지는 '무위자연'을 직접 실천하려 한 것일까? 아버지가 꿈꾼 사회가 '소국과민'과 '무릉도원'이었을까? 모르겠다. 이미 세상을 뜨신 지 오래되어 확인할 길도 없다. 그러나 노자 때에는 주나라의 폭정이 있었고, '무릉도원'의 시대에는 분성갱유와 5호담당제(진나라), 도연명의 시기에는 백성은 안중에도 없는 '그들만의 권력 투쟁'(동진)이 이어졌으며, 아버지 시대에는 박정희의 쿠데타와 유신 독재가 있었다는 점은 틀림없는 사실이다. 권력의 폭정과 탐욕은 늘 백성들 가슴에 또 하나의 나라, 소국과민과 공동체 마을을

2000년대 중반에 복원한 무위사 〈삼존불도〉. 무위사 보존각에서 감상할 수 있다.

잉태시키고 있음을, 역사는 조용히 웅변하고 있다.

2006년 초, 남도에 대설주의보가 내린 어느 겨울날, 이종송 교수와 무위사 요사에서 이틀 밤을 묵은 적이 있다. 벽화 때문이었다. 그 무렵 건국대회화보존연구소에서 무위사의 내벽 벽화, 그러니까 무위사 극락보전의 실내 벽에 그려진 벽화를 보존 처리하는 일을 맡고 있었는데, 이종송 교수는 보존 전후의 과정을 촬영하는 일을, 나는 보고서 만드는 일을 기획하고 편집을 총괄하기로 되어 있었다. 회화보존연구소의 소장을 겸하고 있는 한경순 교수가 품격을 갖춘 보고서를 만들고 싶다며 그 일을 나에게 제안한 터였다. 그날의 방문은 편집 아이디어를 얻기 위한 일종의 현장 답사였다.

처음엔 벽화 보존 작업을 한다고 해서 극락보전 안에서 이루어지는 줄 알았는데 그게 아니었다. 극락보전은 예전 그대로였고, 보존 작업은 별도의 건물에서 이루어지고 있었다. 이상해서 한 교수에게 이유를 물으니 후불벽화와 후불벽화 뒤편에 있는 백의관음도(수월관음도)를 빼고는 극락보전 벽화 대부분이 진본이 아니라는 것이었다. 진본 벽화는 50년대와 70년대 해체하여 따로 보관해 오다가 이번에 보존 처리 작업을 하게 되었다고, 그간의 사정을 말해주었다.

무위사에 머무는 동안 벽화 보존 처리 과정에 대해 설명을 듣고, 작업 장면을 직접 참관하기도 하였다. 보존 처리 과정은 생각보다 복잡했다. 맨 처음 하는 일은 벽체의 구조와 재료를 파악하는 것이다. 벽체의 균열과 훼손이 어느 정도 진행되었는지, 균열은 얼마나 났는지, 벽체를 구성하고 있는 흙의 성분은 어떠한지 따위를 조사하기 위해서이다. 그 다음엔 기존 벽화의 채색 안료를 과학적으로 분석한다. 특히 채색 안료 분석은 구석구석까지 아주 세밀하게 해야 한다. 불화의 얼굴, 눈동자, 입술, 가사, 광배, 구름, 연꽃 따위에 사용한 안료가 다 다른데, 이것에 대한 구체적인 성분 데이터가 없으면 보존 자체가 불가능한 까닭이다. 이 모든 과정을 거친 뒤에야 그 결과에 따라 보존 처리 작업이 진행된다.

나는 보존 처리하기 이전의 벽화를 보고 깜짝 놀랐다. 나라에서 지정한 보물(무위사 벽화 모두가 보물이다.)이라고 하기엔 훼손 정도가 너무 심했다. 이 벽화들은 극락보전을 수리할 때 해체된 뒤 임시 보존각에 30년 또는 50년 동안 갇혀 있었는데, 그 긴 세월 동안 제대로 관리를 받지 못했다. 1990

년대 초반 치음 무위사를 찾았을 때의 기억을 되살려 보면 종무소와 현재의 보존각 사이에 임시 보존각이 있었다. 그러나 말이 보존각이지 기와를 얹은 한옥이었다는 것을 빼고는 한 눈에 보기에도 창고 같은 느낌이 들었다. 출입문 틈 사이로 들여다본 임시 보존각은 거미줄투성이였다. 방습, 방충 장치를 갖춘 것처럼 보이지도 않았다. 벽화를 보지 못하는 아쉬움보다 저렇게 방치해도 되는 것인가, 하며 근심스런 눈빛을 보냈던 기억이 어렴풋시 떠오른다.

되돌아보면 이승만, 박정희, 전두환, 노태우로 이어지는 현대사 40년은 사람에게만 야만의 시대가 아니었다. 사람도 제대로 대접을 받지 못했으니 생명이 없는 문화유산이야 오죽했으랴. 노자가 살아있다면 그는 여전히 같은 말을 했을 것이다. "위정자가 세금을 많이 거두니 백성이 굶주리고, 지나치게 하는 일이 많으니 오히려 제대로 다스리지 못하고, 생명을 업신여기니 백성들이 가벼이 죽는다."

아~, 무위여! 무위사여!

기획의 실패 혹은 과유불급
수덕사

수덕사_충남 예산군 덕산면 덕숭산 중턱에 있다. 《삼국사기》와 《삼국유사》에 백제의 절 이름이 열 개 안팎 나온다. 그중에서 지금까지 남아있는 절은 수덕사가 유일하다. 수덕사 대웅전(국보 49호)은 명품 목조건축이다. 1308년에 지어졌으니 700백 살이 넘었다. 〈수덕사의 여승〉이라는 노래로 더 많이 알려진 김일엽 시인이 연애 실패 후 이곳에서 승려가 되었다. 그녀의 친구이자 우리나라 최초의 여자 서양화가인 나혜석이 절 밑에 있는 수덕여관에 머물며 그림을 그렸다. 문자추상화로 유명한 이응노가 이곳에서 처음 나혜석을 만났다. 한때 그녀에게 수덕여관을 물려받아 운영하기도 했다. 수덕여관에 가면 그가 바위에 새긴 문자추상화를 감상할 수 있다. 수덕여관은 우리 미술사에서 매우 중요한 창작의 현장이다.

솔직히, 나에게 수덕사는 좀 난감한 절이다. 일종의 애증 관계라고나 할까? 삭신이 쑤실 만큼 그립다가도 어느 순간 변심한 애인처럼 멀게 느껴지는 게 이 절이다. 수덕사는, 나의 최초의 절이다. 지금도 종종 고향을 찾아가듯 그리움을 안고 수덕사로 달려가곤 한다. 아픔은 그러나 수덕사에 발을 들여놓는 순간 시작된다. 나의 수덕사는 그곳에 없다. 도대체 내가 사랑하는 수덕사는 어디로 간 것인가?

수덕사와 첫 인연을 맺은 건 유년시절이다. 초등학교 2학년 때(혹은 3학년 때) 할머니를 따라 처음 수덕사엘 갔었다. 1970년대 초반의 어느 초여름, 광천에서 홍성을 경유해 수덕사까지 가는 버스에 올랐다. 홍성버스터미널에서 잠시 숨을 고르던 파란 버스는 부릉부릉 엔진을 달구며 다시 떠날 채비를 하고 있었다. 버스는 읍내를 빠져 나오자마자 흙먼지를 일으켜 방금 지나온 길을 노랗게 지우며 덜컹덜컹 비포장도로를 달렸다. 한 30분쯤 지났을까? 버스는 상고머리 소년과 소복 같은 한복을 입은 60대 노인을 길가에 내려놓고는 마치 옛날 영화의 한 장면처럼 흙먼지 속으로 천천히 사라졌다.

오래 전의 일이어서 수덕사에 대한 기억이 별로 남아 있지 않다. 진입로를 따라 늘어선 고고한 소나무, 초가와 양철집이 뒤섞인 사하촌의 상점들, 꽃상여를 몇 배 키워놓은 듯한 절집들, 그리고 어두컴컴한 법당과 눈을 뜬 것

수덕사, 46cm x 66cm, 흙벽화 기법에 천연 안료, 2003

인지 감은 것인지 분간할 수 없는 불상……, 뭐 이런 이미지가 겨우 남아 있을 뿐이다. 그러나 한 가지, 수덕사에서 보았던 할머니의 표정과 눈빛은 지금도 잊을 수가 없다.

할머니는 꽤 오랫동안 법당에 머물러 있었다. 불상을 향해 거듭 절을 하다가 힘에 부치면 물러나 땀을 식히고 그러다가 다시 불상 앞으로 나아가 절을 올리기를 반복했다. 나는 불상의 인상이 무서워 안으로 들어갈 엄두를 내지 못하고 문틀에 기대고 서서 그 모습을 지켜보았다. 무슨 곡절이 있는 것일까? 할머니의 얼굴엔 절실함이 배어 있었다. 무슨 일일까? 새벽 예배까지 다니는 할머니가 절에 온 것도 의아했지만, 불상 앞에서 뭔가를 갈구하는 듯한 표정이 더 신경 쓰였다.

"뭘 빌었어?"

할머니가 법당에서 나오자마자 내가 물었다.

"그냥. 이것저것……."

할머니는 말끝을 흐리며 넓은 그늘을 만들어 놓고 있는 키 큰 느티나무 밑으로 걸어갔다.

"이것저것 뭐?"

"우리 식구 다 잘 되게 해달라고 빌었지."

할머니는 대충 대답해 놓고는 느티나무 아래에 있는 평상으로 가 앉았다. 할머니는 하얀 손수건으로 땀을 닦으며 덕숭산 이곳저곳으로 눈길을 주었다. 처음엔 풍경을 감상하는 줄 알았으나, 그게 아니었다. 무엇인가를 찾고 있는 것 같기도 했고, 기억을 더듬는 눈빛 같기도 했다. 마치 마지막이

덕숭산 중턱 정혜사에서 내려다본 수덕사. 수덕사는 지나친 중
창 불사로 1500년의 역사성과 고찰의 향기를 동시에 잃었다.

라도 되는 양 할머니는 오래도록 덕숭산을 눈에 담고 있었고, 나는 그런 할머니를 걱정스런 눈빛으로 바라보았다. 그러다가 어느 순간, 나는 할머니의 눈에서 슬픔을 읽었다.

아니었다. 그건 슬픔이 아니라 그리움이었다. 나는 그 사실을 아주 오랜 세월이 흐른 뒤에, 그러니까 내가 대학생 때 할머니가 세상을 떠난 뒤에야 알았다. 초봄이었다. 햇살이 은전처럼 떨어지는 오후, 할머니 유품을 정리하다가 낡은 사진첩 사이에서 제법 교양이 있어 보이는 중년의 사내를 발견했다. 그는 흰색 셔츠 위에 약간 주름진 재킷을 걸치고 있었고, 아래는 폭이 좁은 바지와 군화 같은 등산화 차림을 하고 있었다. 사내의 손에는 등산용 지팡이가 들려 있었다. 복장으로 보아 일제강점기 혹은 해방 직후에 찍은 것 같았다. 사진 아래쪽에는 이렇게 씌어 있었다. 덕숭산 등반기념. 중년의 사내는 할아버지였다.

그랬다. 나이 마흔에 남편을 잃은 할머니. 할머니는 수덕사에서 먼저 떠난 할아버지를 추억하고 있었다. 손자를 이끌고 수덕사에 오른 것도, 불상 앞에서 갈구하듯 절을 올린 것도, 느티나무 그늘 아래에서 오래도록 덕숭산을 바라본 것도 할아버지에 대한 그리움 때문이었다. 남편이 다녀간 수덕사에서, 할머니는 그렇게 내색하지 않으면서, 현실에서는 영영 볼 수 없는 당신의 남자를 사무치게 그리워하고 있었던 것이다.

변화는 다 좋은 것일까? 수덕사에 갈 때마다 이런 질문을 하게 된다. 15년 남짓 이런저런 잡지를 만든 덕에, 제법 많은 사찰을 취재했지만 수덕사만

큰 공사가 끊이지 않은 절을 보지 못했다. 1990년을 전후하여 약 10년 남짓, 사하촌의 상가부터 대웅전 턱밑까지 크고 작은 공사가 끊이지 않고 이어졌다. 하도 헐고 짓기를 반복한 탓에 조금 과장해서 말하면 대웅전을 뺀 예전의 수덕사는 대부분 사라져 버렸다. 수덕사를 볼 때마다 얼굴을 뜯어고쳐 고유한 표정을 잃어버린 옛 애인을 보는 것 같아 마음이 착잡하다. 일주문과 황하정루는 어깨에 한껏 힘을 주고 있어서 은근히 저항감이 들고, 길과 계단은 운율이 없어서 걷는 내내 지루하다. 새로 들어선 금강보탑은 문맥이 맞지 않아 생뚱맞고, 축대는 크고 웅장하나 미학이 없다. 연못을 팠다가 다시 메우고, 해를 거듭하며 새로 단장을 하였으나 감동의 건축은 잘 보이지 않는다.

중창 불사는 나를 포함하여 이 절을 다녀간 수많은 사람의 숨결과 기억을 지워버렸다. 기억을 지운다는 건, 한 시대의 역사를 땅에 묻는 것이다. 피맛길이 없어지면서 그곳을 거쳐간 사람들이 만든 서울의 역사 몇 장이 떨어져 나간 것과 마찬가지로 중창 불사는 수덕사의 역사와 이야기를 훼손시켰다. 이 절은 납득할 수 없는 작위와 받아들일 수 없는 인위를 자랑처럼 전시해 놓고 있다. 자기 고집을 세워 남을 이기려는 듯한 수덕사의 과욕을 보면 노자의 가르침이 절로 떠오른다. "화려한 오색의 빛은 사람의 눈을 멀게 하고, 난잡한 오음은 청각을 흐리게 하고, 잡다한 오미는 미각을 상하게 한다." 크든 작든 세상의 일에는, 그 일은 기획한 사람의 내면이 드러나게 마련이다. 〈게르니카〉에는 피카소의 슬픔과 분노가 담겨 있고, 수원 화성에는 정조와 정약용의 꿈이 서려 있다. 불행하게도 그러나, 명작에서만 작가와 기

획자의 생각을 읽을 수 있는 것은 아니다. 우리는 4대강에 널려 있는, 흉측한 설치물 같은 댐과 인공 공원에서 천박한 기획력을 확인할 수 있다. 규모와 정도에서 차이가 있을 뿐이지, 내가 보기엔 수덕사의 중창 불사도 본질은 4대강사업과 크게 다르지 않다.

수덕사는 내심 부석사를 꿈꾸었는지 모른다. 부석사의 건축 구조가 땅의 생김새에 순응하며 기승전결을 이루듯이, 일주문부터 점층적으로 고양되다가 대웅전에 이르러 화룡점정을 찍는 극적인 구성을 머릿속에 그렸는지 모르겠다. 이 절이 부석사 무량수전에 버금가는 대웅전을 품고 있으니 그런 꿈을 꿀 자격은 충분하다. 건축의 결과는 그러나 구조만 비슷할 뿐 품격은 천양지차다. 수덕사는 오를수록 깊어지는 맛이 없다. 마음을 움직이는 부드러움과 온화한 포용성도, 수덕사는 갖고 있지 못하다. 부석사와 달리 지형에 역행했고, 거기에 더해 너무 많은 '인위'와 '욕망'을 투입한 까닭이다. 과유불급이라고 했다. 부석사는 중용의 철학으로 절 전체가 건축의 경전이 되었지만, 수덕사는 자연과의 '불화'와 '인위'의 과잉 탓에 대웅전만 외롭게 남았다.

안타깝게도 수덕사는 너무 가진 게 없었다. 불사라는 드라마를 설계할 기획자가 없었고, 감동적인 대본을 쓸 만한 작가도 없었다. 그리고 결정적으로 훌륭한 연출가를 가지지 못했다. 기획과 콘텐츠의 빈곤, 그리고 처지를 외면한 욕망이 수덕사를 권위의 절로 만들어 버렸다. 석가모니는 이런 모

수덕사 대웅전, 25cm×34cm, 흙벽화 기법에 천연 안료, 2003

습이 걱정스러워 2500년 전에 이미 소유를 멀리하라 하지 않았던가? 불사를 기획하고 연출한 승려들은 도대체 부처의 가르침을 따를 마음이 있기는 했던 것인가? 중창 불사는 수덕사의 욕망을 보여준다. 단지 그뿐이다. 빛의 속도로 변하는 게 요즘 세상이라지만 그래도 절은 천천히 변했으면 좋겠다. 더도 말고 덜도 말고 세월이 흐른 양만큼만, 시간을 안으로 품으며 조금씩 변해갔으면 좋겠다. 뜯어고쳤으나 그래서 오히려 매력을 잃은 수덕사를 보며, 나는 다시 묻는다. 변화는 늘 선인가?

수덕사는 둘로 나눌 수 있다. 대웅전과 그 나머지 절집. 수덕사는 과유불급의 절이지만, 하나는 언제나 열외이다. 대웅전이다. 대웅전을 제외한 수덕사의 모든 전각과 불교 조형물과 그 밖의 건축물은 대웅전을 빛나게 해주는 각주에 지나지 않는다. 군계일학. 대웅전은 홀로 빛나는 학이다. 나머지 건축물은 그저 그런 여러 마리의 닭일 뿐이다. 그러므로 우리는 한 마리의 고고한 학을 알현하기 위해 숱한 군계를 헤치며 덕숭산을 오르는 것이다. 대웅전은 장중하다. 1308년에 지었으니 이미 700년을 넘겼으나 노쇠하거나 흐트러짐이 없다. 대웅전은 심장을 두드리는 감성을 품고 있다. 게다가 안팎으로 빼어난 조형미까지 갖추었다. 조형미와 장중미도 그렇지만 700년 긴 세월을 뚫고 의연하게 서 있는 모습을 보고 있으면, 그것만으로도 고맙고 감격스럽다. 수덕사는 틀림없이 욕망의 절이지만, 대웅전만은 예외다. 백설이 만건곤해도 대웅전은 언제나 독야청청하다.

백문불여일견百聞不如一見. 반고가 지은 《한서》 '조총국전'에 나오는 이야

국보 49호 수덕사 대웅전. 수덕사의 군계일학이다. 700년이 넘은 불교 건축의 아버지이다.
고려의 목조건축 중에서 드물게 장중하고 위엄이 넘친다.

기다. 이 말은 사실은 전쟁 용어이다. 싸움에서 승리를 하기 위해서는 적에 대한 정보 백 가지를 듣는 것보다 전쟁터를 한번 살피는 것이 더 절실하다는 뜻으로, 퇴역한 장수 조총국이 한나라 황제에게 한 말이다. 조총국의 언어를 끌어와 말하자면, 제 아무리 많은 지식과 정보도 대웅전 앞에서는 스스로 힘을 잃는다. 이미 많은 사람이 대웅전에 대한 설명을 탑처럼 높이 쌓아 놓아서 찬사 몇 마디 덧붙인다고 이 건축물이 갑자기 더 빛나지 않는다. 멋진 풍경을 보았을 때, 상상을 뛰어넘는 좋은 문장을 만났을 때, 나도 모르게 입이 벌어진다. 아아아~. 탄성도 한숨도 아닌 소리가 길게 이어지는 것이다. 나는 수덕사에 갈 때마다 이와 비슷한 경험을 한다. 수덕사 마당에 서서 가만히 대웅전을 올려다보고 있으면 가슴 밑바닥에서 거부할 수 없는 황홀한 감정이 뭉클뭉클 올라온다. 그리고 어느 순간, 대웅전의 숭고미에 매혹되는 것이다.

목에 잔뜩 힘을 준 수덕사가 나는 싫다. 그럼에도 나는 수덕사를 좋아한다. 내가 수덕사를 사랑하는 까닭은 내 인생의 첫 번째 절이기 때문이다. 그리고 언제나 나를 감동시키는 대웅전이 그곳에 있기 때문이다.

남자의 생각

Let it be! 혹은 무소유
개심사

개심사_충남 서산시 운산면 상왕산에 있다. 개심사는 작고 아담한 절이다. 봄이 되면 절 안팎에 벚꽃이 마음을 심란하게 할 정도로 흐드러지게 핀다. 대웅전, 소박한 계단, 겸재의 노송도에서 방금 뛰쳐나온 듯한 아름드리 소나무, 서화가이자 우리나라 최초의 사진가인 김규진의 현판 글씨 등도 아름답다. 개심사는 백제 의자왕 14년(654년)에 지어졌다는 이야기도 있고, 신라 진덕여왕 5년(651년)에 세웠다는 설도 있다. 다만, 진덕여왕 때 창건설이 신라 승려가 또는 신라 왕실의 후원으로 지었다는 것을 의미한다면 그것은 사실이 아닐 것이다. 650년대라면 백제와 신라가 원수처럼 으르렁거릴 때인데 신라 승려가 백제 땅에, 그것도 서라벌과 반대편인 서해안까지 와서 절을 지었다는 것은 정황상 이치에 맞지 않는다. 651년이든 654년이든 개심사의 창건주는 틀림없이 백제 사람일 것이다.

늦은 오후, 무량사에서 한 시간 반을 달려 해미에 도착했다. 무슨 급한 약속이라도 있는 것처럼 해는 서쪽을 향해 걸음을 재촉하고 있다. 기운이 약해진 햇살을 보자 마음이 급해져 나도 모르게 운전대를 잡은 전성영 작가를 재촉했다. 운산으로 접어들었다. 이제 조금만 더 가면 개심사다.

누군가가 충청도에서 가장 마음에 드는 절을 꼽으라면 나는 부여의 무량사와 서산 개심사를 앞자리에 놓는다. 갑사와 수덕사처럼 이보다 먼저 인연을 맺은 사찰도 있지만 개심사만큼 마음 깊이 자리 잡지는 못했다. 이 절을 처음 찾은 건 1990년대 초이다. 첫눈에 반하듯 개심사에 빠진 건 아니다. 뭐랄까? 와인이나 막걸리에 취하듯 서서히 마음을 빼앗겼다고나 할까? 한 번 두 번 찾으면서 그때마다 정을 주었고, 지금도 그 정에 이끌려 첫사랑을 떠올리듯 떨리는 마음으로 개심사를 찾는다.

개심사는 결코 화려한 절이 아니다. 송광사나 해인사처럼 불교사에서 차지하는 위치가 빼어나게 높은 것도 아니고, 절을 품은 산이 금강산이나 지리산처럼 권위가 있는 것도 아니다. 그런데도 나는 이 절이 좋다. 여자에 비유하면 개심사는 자연 미인이다. 성형 미인처럼 화려하지는 않지만 보면 볼수록 마음을 잡아끄는 은근한 매력을 품고 있다. 개심사는 언제나 나를 설레게 한다.

나라 안에 절이 많지만 개심사처럼 가는 길이 이국적인 곳도 드물다. 산도 아니고 들도 아닌, 경주의 대능원 같기도 하고 제주도의 오름을 옮겨놓은 것 같기도 한 드넓은 목장이 시원하게 펼쳐져 있다. 서산목장이다. 정확한 이름은 한우개량사업소이지만 사람들은 그냥 편하게 지역 이름을 따서 서산목장이라고 부른다. 원래 이름은 삼화목장이었다. 박정희의 수하로, 그와 함께 5·16쿠데타를 일으킨 김종필이 운산면 일대의 산과 마을을 군사작전 하듯 밀어버리고 그렇게 이름을 지었다. 면적이 무려 640만평에 이른다. 여의도 넓이의 6.5배에 이르는 엄청난 규모이다. 그러나 1980년 역시 군사 반란을 일으킨 전두환이 부정한 방법으로 모은 재산을 환수한다며 강제로 빼앗았다. 똥 묻은 개가 겨 묻은 개 나무라는 격이지만 전두환은 본심을 숨기고 우국충정을 보여줄 심산으로 이 목장을 제 호주머니에 넣지 않았다. 이때 이름이 삼화목장에서 한우개량사업소로 바뀌었다.

유홍준은 "산이란 산은 모두 마치 바리깡으로 머리를 밀듯이 완벽하게 삭발 된" 서산목장을 자연 생태계 파괴의 불행한 현장으로 바라보았다. 다른 한편에서는 우리나라 한우의 인공수정용 정액을 이곳에서 생산하는 사실을 알고 나면 무작정 나무랄 일도 아니라며 옹호하기도 한다. 설령 이곳을 옛날로 돌려놓더라도 축산을 포기하지 않는 한 우리나라 어디든 다시 이만큼의 산을 밀어버려야 하기 때문이라는 것이다.

시선을 조금 돌리면 우리는 또 다른 질문에 맞닥뜨리게 된다. 지구가 던지는 육식에 대한 경고 같은 질문이다. 소를 비롯한 가축이 세계에서 생산하는 밀의 20퍼센트와 옥수수의 65퍼센트를 먹어치우고 있다. 4억 명이 먹는 식량과 맞먹는 양이다. 이 정도 곡물이면 인류의 기아 문제를 깨끗이 해결할 수 있다. 축산업은 물의 낭비도 심각하다. 통밀 1킬로그램을 생산하는데 53리터, 토마토 1킬로그램을 생산하는데 110리터가 필요하지만 같은 양의

개심사 가는 길목에 있는 한우 목장. 정식 명칭은 한우개량사업소이다. 박정희와 함께 5·16 군사
반란을 일으킨 김종필이 산과 마을을 군사 작전 하듯 밀어버리고 만들었다. 지금은 농협 소속이다.

쇠고기를 얻으려면 무려 20,000리터가 필요하다. 육식에 대한 욕망과 판타지가 내 이웃을 굶주리게 하고 하나뿐인 지구에 재앙을 불러들이는 셈이다. 그렇다면 인류는 신이 창조한 위대한 피조물이 아니라 지구의 약탈자인가? 이국적이어서 아름답고 인상적인, 그러나 실상은 육식의 탐욕이 시작되는 서산목장을 지나야 무소유의 세계인 개심사에 다다를 수 있다. 마치 흑백의 대비처럼 욕망의 세상과 부처의 세계는 계곡 하나를 사이에 두고 대결하듯 마주하고 있다. 한쪽에서는 욕망의 바이러스를 퍼뜨리고, 그 반대편에서는 비움의 미덕을 가르치고……. 일부러 만들어 놓은 것 같은 이 극적인 갈등 구조 앞에서 나는 햄릿처럼 혼자 중얼거린다. 욕망이냐 무소유냐, 그것이 문제로다!

개심사엔 개발 이데올로기에 취해 지난 50년 동안 우리가 일부러 외면해 온 그 무엇이 있다. 소박함이다. 담백함이고 자연스러움이다. 개심사는 절이 앉은 골짜기 이름부터 남다르다. 세심동洗心洞, 마음을 씻는 곳이라는 뜻이다. 개심사開心寺, 마음을 연다는 절 이름은 또 얼마나 청량하고 아름다운가. 통도, 화엄, 봉은, 해인 같은 이름에 비하면 얼마나 조촐한지 그저 정겹고 그냥 반갑다. 어쩌면 이 이름이 진짜 불교적인 게 아닐까? 교리의 권위도, 종파의 정치성도 다 지워버린 순수한 이름이 아주 마음에 든다. 개심사의 조촐함은 계단으로 이어진다. 일주문을 지나 조금 더 가면 개심사와 세심동이라는 문패를 단 작은 돌기둥 두 개가 나타난다. 예전에는 보잘 것 없는 이 돌기둥이 일주문 역할을 하였다. 보잘 것이 없어서 오히려 정이 가고 그래서 더 마음이 즐거웠는데 돌기둥에서 100미터쯤 물러선 곳에 이제는 그럴듯한 일주문이 버티고 서 있다. 2000년대에 들어선 어느 시점, 아마도 2005년 전후에 새로 세운 것 같은데 이 일주문 때문에 마음속의 일주문을 잃어버린 것 같아 두고두고 아쉬움이 남는다.

개심사 계단은 돌기둥부터 시작된다. 계단은 본질적으로 오르기 위한 시설물이다. 인간의 수직적 욕망을 충족시켜주는 것이 계단의 존재 이유이다. 그러나 다시 생각해 보면 계단의 의미는 우리가 알고 있는 것보다 훨씬 깊고 다양하다. 국회나 청와대, 법원과 검찰청의 계단은 권력과 정치적 의미를 드러내고 있다. 사원의 계단은 종교적인 절대성을, 기업체 사옥의 계단은 그 안에 경제적 욕망을 감추고 있다. 단순하게 보면 기능적인 시설이지만 계단의 이면에는 권력과 종교와 자본의 그림자가 드리워져 있다. 개심사 계단도 신을 만나러 가는 종교 시설이다. 그러나 실제로는 종교적인 권위를 느낄 수 없다. 성의가 없다 싶을 만큼 대충 만든 계단은 불교 사원을 오르기 위한 도구라기보다는 우리가 흔히 볼 수 있는 등산로나 산책로에 더 가깝다. 절 이름처럼 마음의 문을 저절로 열게 하는 소박한 계단이다.

계단 왼편으로는 계곡물이 가늘게 흐른다. 한 3분쯤 오르면 왼쪽으로 방향을 트는데 여기서부터는 소나무 숲이 펼쳐진다. 눈을 아래로 내리면 간혹 땅속을 뚫고 나온 어른 팔뚝만한 나무뿌리들이 산길에 누워 일광욕을 즐기고 있다. 돌계단 사이에서는 작은 소나무가 낙락장송을 꿈꾸며 제 몸을 키우고 있다. 머리 위에선 배병우의 사진 속에서 막 뛰쳐나온 듯한 아름드리 소나무들이 서로 어깨에 의지하며 서 있는가 하면, 어떤 나무는 큰 가지를

안양루에 걸린 전서체 개심사 현판. 이응노 화백의 스승인 서화가 해강 김규진의 글씨이다.

뻗어 그게 제 운명이라도 되는 양 열심히 하늘을 밀어올리고 있다.

계단을 다 오르고 다시 대숲을 지나면 연못이 나오고, 그곳에서 고개를 들면 누각에 달린 '상왕산개심사'라고 쓴 유려한 전서체 현판이 보인다. 일제강점기의 화가이자 서예가인 해강 김규진의 글씨이다. 문자 추상화로 유명한 고암 이응노도 그에게 서화를 배웠다.

김규진은 근대미술사에서 보기 드물게 여러 장르를 넘나든 사람이다. 글씨와 그림도 그렇지만 그는 한국 사진 역사에서도 특별한 자리를 차지하고 있다. 김규진은 우리나라 사진사의 첫 장을 연 사람이다. 물론 한국인이 사진과 처음 대면한 것은 김규진이 세상에 나오기 전이었다. 1863년 동장군이 물러나는 춘삼월(음력 1월 29일), 이항억을 비롯한 조선의 중국사절단

(연행사) 16명은 갓 쓰고 도포를 입은 차림으로 북경의 러시아공사관에서 사진을 찍었다. 한국인이 사진과 만나는 최초의 순간이었다. 며칠 후 연행사 일행은 인화된 사진을 보려고 다시 러시아 공사관을 찾았다. 이항억은 그때의 감격스런 기억을 이렇게 회상하고 있다.

"나의 화본畵本을 받아 보았더니 거기 내 모습이 비쳐 나왔다. 한낱 작은 조각에 지나지 않았지만 나의 진면목이 거의 완연히 박혀 있었다."

연행사 일행을 촬영한 사람은 러시아 사진가였다. 한국 최초의 사진가는 그로부터 43년이 지난 1906년에 등장했는데 그가 해강 김규진이다. 그는 일본에서 사진 기술을 배운 뒤 귀국하여 고종의 어진을 찍었다. 이듬해 8월에는 지금의 소공동에 천연당이라는 사진관을 열기도 했다. 한국 최초의 사진가 개관한 한국 최초의 사진관이었다. 지금도 대한협회 2주년 기념사진(1909), 보성학원 전체 기념사진(1910), 손병희의 우이동 별장인 요벽랑(1915) 등 당시 김규진이 찍은 사진 10여 점이 전한다. 2007년에는 방이동 한미사진미술관에서 천연당사진관 개관 100주년을 기념하는 전시회가 열리기도 하였다. 천연당사진관은 아들과 손자를 거치며 1970년대 중반까지 가업으로 이어져 왔으나 안타깝게도 지금은 맥이 끊겼다.

개심사를 찾은 사람들은 연못을 앞에 두고 잠시 머뭇거린다. 개심사로 가는 길이 둘로 나누어지기 때문이다. 하나는 연못을 오른쪽에 두고 진입하는 길

개심사, 25cm x 34cm, 흙벽화 기법에 천연 안료, 2002

이고, 다른 하나는 연못 중앙에 놓인 나무다리를 건너는 방법이다. 나는 늘 연못을 건너서 절에 이르곤 하였다. 처음엔, 연못이 생뚱맞다고 생각했다. 세로는 너무 짧고 가로는 지나치게 길어서 생김새가 비현실적으로 느껴진다. 전문가의 손길이 느껴질 만큼 조형미가 뛰어난 것도 아니다. 그러나 주변 풍경까지 눈에 넣고 다시 보면 제법 정겨움이 묻어난다. 연못 위쪽에 소담하게 펼쳐진 채소밭과 연못에 가지를 늘어뜨린 배롱나무까지 하나의 프레임에 넣고 나면 불교 사원이 아니라 경상도나 전라도 지방 어느 고택 정원에 와 있는 듯한 기분이 드는 것이다. 겹벚꽃, 산벚꽃 서로 다투며 피어나는 심란한 봄철에도 유독 연못 풍경은 소란스럽지 않다.

개심사가 연못을 만들고 그곳에 연꽃을 심고 또 나무다리를 만든 것은, 세심동 계단을 오르며 세속의 티끌을 제법 씻어냈지만, 이왕 절에 오를 거라면 미처 버리지 못한 욕망마저 깨끗이 털어내라는 뜻일 터이다. 생명의 근원인 물로 스스로 세례를 하고 깨달음의 상징인 연꽃을 보며 마음을 비우라는 뜻일 터이다.

지난해 여름 개심사에 갔다가 실제로 연못에 핀 연꽃을 보았다. 진흙에 몸을 담고 있으면서도 꽃은 어쩌면 그렇게 고고하게 아름다운지, 한동안 바라보고 있자니 어느 순간 산바람이 지나간 것처럼 머리가 맑아지는 느낌을 받았다. 연꽃의 힘은 본디 이런 것인가. 그래서 조선 초기의 뛰어난 선비화가인 강희안은 연꽃을 화목花木의 으뜸으로 쳤던 것일까? 그는 《양화소록》이라는 한국 최초의 원예 서적에서 연꽃, 국화, 매화, 대나무를 가장 윗자리에 놓았다. 나라면 어찌 했을까? 나는 아직 선적인 연꽃보다는 갖은 서정을 불러일으키는 매화나 동백이 더 좋다. 칠정을 버리라는 게 개심사 연꽃의 충고이겠으나 그럼에도 나는 여전히 영혼을 물결치게 하는 홍매와 붉은 동백과 매혹의 도화를 더 사랑한다.

절 밖의 소박함은 사찰 경내로 자연스럽게 이어진다. 작은 마당을 지나 계단을 몇 개 오르면 해탈문에 이르고 이 문을 지나면 곧 개심사 안마당이다. 정면에 대웅보전이 서 있고, 좌우에는 심검당과 무량수전이, 맞은편에는 안양루가 자리를 틀고 있다. 조선 초기에 지어졌다는 대웅보전이 가장 크고 그럴듯하지만 이마저도 산 너머 수덕사 대웅전에 비하면 수수한 절집이다. 볕이 잘 드는 마루가 인상적인 심검당은 비틀린 보와 기둥에 의지해 서 있는데 그 모습은 소박함을 넘어 해학적이기까지 하다.

생각할수록 개심사는 일관되다. 일주문을 대신하던 조촐한 돌기둥과 다듬지 않은 계단과 계단을 닮은 연못과 장식성이 없는 나무다리와 뽐내지 않는 절집까지, 수미가 상응한다. 나는 종종 사람에게서 받지 못한 감동을 개심사에서 받는다. 이 절은 90년대 이후 유명세를 타서 이제는 제법 명예도 얻었다. 지금도 사시사철 찾는 이가 끊이지 않는다. 관심과 시선을 받을수록 고개를 쳐들 법도한데 개심사는 예나 지금이나 한결같다. 그냥 내버려 둬(Let it be)! 비틀즈의 음악이 자신의 주제가라도 되는 듯 사람들의 관심엔 개의치 않은 채 세상을 등지고 조용히 돌아앉아 있다. 나는 인간 세상에서 배우지 못한 비움과 무심의 철학을 내포 지방의 작은 절 개심사에서 배운다.

배롱나무와 개심사 연못. 사찰 연못이 아니라
어느 고택의 정원처럼 소박하면서도 정겹다.

개심사는 마당을 중심으로 사방에 절집이 들어선 선종 사찰의 기본적인 면모를 보여주지만 한꺼풀 벗겨놓고 보면 절집의 배치가 좀 이상하다. 본디 안양루는 서방정토로 들어가는 문이자 누각이다. 안양이라는 글자도 서방정토, 그러니까 극락과 이음동의어이다. 따라서 영주의 부석사가 말해주듯이 안양루 맞은편에는 아미타불을 모신 무량수전을 배치하는 게 일반적이다. 그런데 개심사에는 무량수전이 옆으로 비켜나 있고, 그 대신 대웅보전(1484년, 보물 제143호. 지붕의 처마를 떠받치는 공포가 기둥 위뿐만 아니라 기둥 사이에도 있는 다포양식의 절집이다. 다포식이면서도 지붕이 주심포 건축에서 흔히 보이는, 옆면에서 볼 때 지붕이 사람 인人자 모양을 한 맞배지붕인 게 독특하다. 단순미를 보여주는 고려시대의 주심포계 양식에서 장식성과 화려함이 돋보이는 조선시대의 다포양식 건물로 옮겨가는 전환기 요소를 담고 있어서 건축적으로 가치가 높다.)이 버티고 서 있다. 법당 안에 모신 불상도 아미타불이 아니라 석가모니불이다. 건축 문법으로 치자면 안양루든 대웅전이든 둘 중의 하나는 자리를 잘못 잡은 격인데, 지금으로서는 어느 것이 남의 자리를 꿰찼는지 정확히 알 수가 없다. 다만, 조선시대에 들어서면서 석가모니불을 중히 여기는 법화신앙이 대세를 이룬 점에 비추어 보면 대웅전이 원래 있던 무량수전을 물리치고 그 자리를 차지한 게 아닌가 싶다. 안동의 봉정사도 이와 비슷한 경우인데, 원래 극락전(무량수전과 같은 성격의 법당으로 불단에 아미타불을 모신다.)이 중심 영역이었으나 조선 초에 극락전 옆에 대웅전을 새로 짓고 그곳을 절의 중심으로 삼았다. 차이가 있다면 개심사는 무량수전 터에 대웅전을 지었고, 봉정사는 차마 그렇게 하지 못하고 극락전 옆에 대웅전을 따로 지었다는 점이다. 그러나 불교의 중심이 아미타신앙에서 법화신앙으로 바뀌었다는 점에서는 내내 같다고 할 수 있다.

개심사가 깃든 상왕산 일대는 경주의 남산에 못지않은 불국토이다. 개심사도 개심사지만, 상왕산 너머엔 백제 때 지은 보원사지가 있고, 그 건너엔 백제의 미소로 더 잘 알려진 서산마애삼존불이 있다. 또 그 너머엔 예산 사면석불이 있고, 상왕산과 연결된 가야산 동쪽, 그러니까 덕산 근처 남연군 묘 자리엔 본시 가야사가 있었다. 그리고 가야산 건너편 덕숭산은 수덕사를 품고 있다. 가히 백제의 붓다 벨트라 이름 붙일 만하다. 6세기 말에 태어난 서산마애삼존불과 수덕사가 붓다 벨트의 맏형일 테고 그로부터 약 50년 뒤에 세워진 개심사는 아마도 막내쯤 될 터이다. 안타까운 것은, 개심사는 성년이 되기도 전에 백제가 무너지는 모습을 아프게 지켜보았다는 사실이다. 그 무렵 개심사의 나이 불과 일곱이거나 열 살이었다. 사람으로 치면 슬픔의 감정을 제대로 배우기도 전이다. 백제의 누군가는 백성의 평안과 나라의 안녕을 꿈꾸며 붓다 벨트에 절을 세웠겠지만, 불행히도 개심사는 태평성대를 열어주지 못했다.

서쪽 하늘이 장엄하다. 태양은 마치 멸망 직전의 백제처럼 마지막 힘을 다해 자신의 존재를 붉게 드러내더니 이내 목장 너머로 사라진다. 날이 저물고 있다. 백제의 옛 땅이 어둠에 묻히고 있다.

어떻게 살 것인가
갑사

갑사_충남 공주시 계룡면 계룡산에 있다. 계룡산은 통일신라 때는 오악五嶽, 고려시대에는 묘향산, 지리산과 더불어 삼악三嶽의 하나였을 만큼 예로부터 신성하게 여겼다. 갑사는 아도화상이 420년 창건했다고 전해지지만 이것을 증명할 만한 뚜렷한 기록은 없다. 당시의 전각과 당우는 신라와 당나라의 말발굽에 짓밟혔고, 삼국통일 후 곧 중건했으나 몽고의 침략과 정유재란 때 다시 불탔다. 예전의 동종은 여진족 침입 때(1583) 공출을 당해 창과 칼이 되었고, 지금의 동종(보물 제478호)도 일제 때 부평 조병창으로 공출되었다가 해방이 되면서 구사일생으로 살아남았다. 8세기 것으로 추정되는 철 당간과 대적전 앞 주춧돌이 가장 오래된 유적이다. 왕관처럼 달고 있는 1600년의 역사는 그러므로 갑사 수난의 역사이기도 하다. 김구 선생이 이 절에서 인연을 맺은 선비의 권유로 마곡사로 가 함께 스님이 되었다. 고목이 무성한 숲길과 가을 단풍이 무척 아름답다.

1898년 가을, 20대 초반의 젊은 청년이 갑사로 가는 길을 오르고 있었다. 그는 망건에 갓 쓰고 연회색 두루마기를 걸치고 있었다. 괴나리봇짐을 진 청년의 차림새는 한없이 남루했으나 한 발 한 발 내딛는 걸음걸이는 무척 당당했다. 그리고 나이에 걸맞지 않게 그의 얼굴엔 교양과 진지함이 알맞게 배어 있었다.

그는 쫓기고 있었다. 두 해 전, 청년은 대동강 하류 치하포 나루터에서 일본군 중위 쓰치다를 죽였다. 쓰치다는 명성황후를 시해한 범인 중 한 사람으로 의심받고 있었다. 청년은 그 죄로 일본 경찰의 감시 하에 진행된 재판에서 사형 선고를 받고 인천형무소에서 복역 중이었다. 다행히 고종의 배려로 사형은 면했으나 언제 석방이 되어 조선의 산하를 보게 될지 알 수 없는 노릇이었다. 아무 저항도 하지 못하고 작은 방에 갇혀 지내는 자신이 한편으로는 딱했고, 또 한편으로는 성미에 차지 않았다. 그는 무슨 수단을 내야 한다고 생각했다. 그는 탈옥하기로 마음을 굳히고 언 땅이 녹기를 기다렸다. 얼마나 흘렀을까? 겨울이 퇴각하고 있었다. 청년은 때가 왔다고 생각했다. 그는 간수 몰래 마루 밑에 땅굴을 파기 시작했다. 그리고 며칠 뒤, 청년은 다른 네 명의 죄수를 데리고 옥사를 빠져나왔다. 동료들을 먼저 담장 밖으로 탈옥시킨 뒤 청년은 경비원들을 옥사로 유인하고는 당당히 정문을 이용해 탈출하였다. 영화의 한 장면을 연상시키는 대담하고도 극적인 탈옥이었다.

청년의 이름은 김창수, 백범 김구였다. 동학의 접주였고, 승려였고, 교육자였고, 독립 운동가였고, 민족의 지도자였던 사람. 똑똑하고 지혜로웠으나 양반이 아니라서 괄시를 받고, 민족을 사랑했으나 그 절대적인 사랑 때문에 정적의 미움을 사고, 통일을 염원했으나 티끌 없는 영혼 때문에 이데올로기의 강을 건너지 못한 사람.

그는 6개월 동안 경상도와 전라도, 충청도 지방을 유랑한 뒤 공주를 거쳐 이제 막 갑사로 접어들고 있었다. 반년의 생활은 유람 반 도피 반이었다. 떠도는 동안 많은 사람에게 도움을 받았으나 그래도 쫓기는 몸이었으므로 마음 한구석이 늘 불편하였다. 그런데 오늘은 이상하게 마음이 편했다. 그는 직감적으로 도피 생활이 끝나가고 있음을 예감하고 있었다. 김구는 숲이 만들어주는 공기를 깊이 들이마셨다. 가을이 익어가는 계룡산 풍경을 하나도 놓치지 않으려는 듯 그는 계곡과 단풍과 나뭇가지에 앉은 새까지 보이는 것은 모두 눈에 담고 있었다.

김구가 걸었던 그 길을 따라 가을 갑사로 가고 있다. 작은 잎이 바르르 떠는 회화나무, 피부가 용의 비늘 같기도 하고 장수의 갑옷 문양 같기도 한 층층나무, 마치 큰 우산을 펼친 것처럼 생긴 박쥐나무, 구렁이 담 넘듯 하늘로 올라가는 쉬나무, 신갈나무, 느티나무, 느릅나무, 소나무……. 듬성듬성 서 있는 고목과 아름드리 나무들이 붉고 푸른 숲의 동굴을 만들고 있다. 김구 선생은 《백범일지》에 "감나무가 숲을 이루고 서 있는데 붉은 감이 익어서 저절로 떨어지곤 했다."고 당시의 갑사 풍경을 묘사했다. 그러나 세월을 이기지 못하고 다 스러졌는지 감나무 숲은 보이지 않는다.

숲의 동굴은 들머리에서 시작하여 갑사 턱밑까지 이어지고 있다. 이 길을 오리숲이라 부른다. 아마도 숲이 오리, 그러니까 2킬로미터쯤 이어진다고 해서 붙여진 이름 같은데 사실은 그렇게 길지는 않다. 중요한 것은 그러나 길이가 아니라 아름다움이다. 봄이면 노란 황매화로 꽃 사태가 나고, 여름엔 사방이 어두울 만큼 숲 전체가 울울하고 창창하다. '춘마곡 추갑사'라는 말처럼 갑사의 가을 단풍은 어디에 내놓아도 빠지지 않는다. 그래서 충청도 사람들은 계룡팔경의 하나로 갑사 단풍을 꼽는다. 그뿐이 아니다. 물어도 준치 썩어도 생치라 했듯이 오리숲은 잎사귀 다 떨어진 겨울에도 여전히 숲다움을 잃지 않는다. 오히려 겨울이 되어야 아름드리 고목의 웅숭 깊은 매력을 제대로 느낄 수 있다. 아름답지 않다면야 시비를 걸겠으나 이렇듯 사시사철 매력이 넘치니 길이가 길면 어떻고 또 조금 짧으면 어떤가.

일주문을 지나 작은 다리를 건너면 길은 이윽고 두 갈래로 나누어진다. 곧장 가면 갑사에 이르는 오리숲이 이어지고, 오른쪽으로 난 샛길로 접어들면 철 당간(보물 256호)에 닿는다. 나는 갑사에 갈 때마다 큰 길을 버리고 계곡 옆으로 난 샛길로 접어든다. 물소리 들으며 걸어서 좋고, 사람들의 왕래가 적으니 소란스럽지 않아서 더욱 좋다.

한적한 길을 걷다가 다리를 건너고 다시 조그만 언덕을 넘으면 갑자기 풀밭이 나타난다. 이곳에 우리나라에 두 개밖에 없다는 철 당간이 석조 지주의 도움을 받으며 우뚝 서 있다. 하늘로 불쑥 솟아오른 자태가 훤칠해 꼭대기를 올려다보려면 목이 아프다. 길이 60~70센티미터, 지름 50센티미터의 철통을 이어서 만들었는데, 모양새가 철제 굴뚝 같기도 하고 굵은 대나

갑사로 가는 길에 가을이 무르익었다. 110여 년 전
가을 백범 김구가 이 길을 걸어 갑사에 이르렀다.

무를 세워 놓은 것처럼 보이기도 한다. 철통이 28개였으나 1893년 벼락을 맞아 네 개가 부러져 나갔다.

당간의 '당'은 깃발이라는 뜻이고, '간'은 막대기를 의미한다. 그러니까 당간은 절 깃발을 내다거는 막대기인 셈이다. 주로 절 앞에 세웠는데, 행사 때 불화 깃발을 달아 절과 부처의 위엄을 나타내었다.

그런데, 생각해보니 당간이 서 있는 위치가 생뚱맞다. 당간은 원래 절집 들머리에 세우는 게 예사였는데, 그러므로 이 공터 주변에 갑사가 있어야 마땅한데 사찰은커녕 절집 그림자도 보이지 않는다. 갑사는 길을 되돌려 오리숲길로 오르거나 당간을 지나 빙 돌아야 닿을 수 있다.

철 당간은 1200년 동안 그 자리를 지키며 갑사의 눈물과 미소를 다 지켜본 유일한 증인이다. 그리고 갑사의 옛 모습을 들려주는 친절한 문화 해설자이다. 철 당간에서 위쪽을 보면 돌계단이 보인다. 문득, 저 너머엔 무엇이 있을까 궁금해지지만 까치발을 해도 계단 위쪽이 보이지 않는다. 경사가 급하고 계단도 제법 많은 까닭이다. 천천히 계단을 오르면 암자 같은 작은 절집과 시적 서정이 흐르는 마당이 나타난다. 이제, 철 당간과 석조 지주가 왜 인적이 드문 외진 풀밭에 있는지 설명할 차례다. 원래 갑사는 지금 발을 딛고 있는 이곳, 그러니까 대적전 영역에 있었다. 철 당간과 석조 지주는 저 아래 풀밭에서 이 사실을 조용히 증거하고 있다.

대적전 영역의 규모로 보아 갑사는 그리 큰 절이 아니었던 모양이다. 그러나 땅의 생김새는 지금의 갑사가 차지한 자리보다 훨씬 좋다. 뒤로는 봉우리가 봉긋 솟아있고, 양 옆으로 흐르는 계곡이 갑사를 완벽하게 보듬고 있

갑사, 45cm×53cm, 흙벽화 기법에 천연 안료, 2004

다. 풍수를 잘 모르는 사람이 보아도 계룡의 산기운이 옹골지게 뭉친 곳임을 이내 짐작할 수 있다. 영락없는 명당자리이다.

대적전大寂典. 크게 고요한 집 혹은 적요가 물씬 묻어나는 집 정도로 풀 수 있을 것이다. 그러나 고요함을 어찌 양이나 덩치로 나누어 크다 또는 작다고 말할 수 있겠는가. 고요는 글자 그대로 고요일 뿐이겠으나 수도를 하는 사람의 마음가짐을 심리적으로 강조하기 위하여 그렇게 표현했을 것이다. 대적전은 내가 무설전, 우화루 만큼이나 좋아하는 당우 이름이다. 절대적인 고요로 가득한 집. 대적전은 심검당, 무설전과 더불어 가장 불교적인 건물 이름이 아닐까 싶다.

나는 대전에서 청소년기를 보낸 탓에 갑사를 꽤 일찍부터 드나들었다. 대개 동학사와 남매탑을 지나고 계룡산을 넘어 갑사에 이르곤 했는데 불과 얼마 전까지만 해도 대적전이라는 이름에 큰 관심을 두지 않았다. 그저 비로자나불을 모시는 집인데 왜 석가모니불을 모셨을까 하고 의아해 하는 정도였다. 그러다가 몇 해 전 가을 혼자 뜰 앞을 거닐다가 문득 당우의 뜻을 깨닫고 가슴 뭉클해했던 기억이 있다. 대적전과 비슷한 이름으로 대적광전이 있으나 '광'이라는 글자 하나 덧붙였을 따름인데 분위기는 천양지차다. 대적광전은 어쩐지 어깨에 힘이 잔뜩 들어간 것 같아 영 탐탁지 않다. 대적전은 글자 하나를 버림으로써 깊고 내면적인 이름을 얻었다. 대적전은 버리는 것이 곧 채우는 것임을 말없이 말해주고 있다.

대적전은 제 안의 고요를 주체하지 못하고 마당 가득 적막을 풀어놓고 있다. 인적이 드문 탓에 낙엽 쌓이듯 적요가 마당에 차곡차곡 쌓여 있다. 화려하고 조형미가 뛰어난 부도탑(보물 제257호)도 조용하고, 이상하게도 이곳에서는 대숲도 울지 않는다. 한적하고 또 한적하다.

가을날 오후의 적막을 깨지 않기 위해 조용히 산책을 했다. 무슨 보물이라도 찾는 사람처럼 대적전 뒤뜰도 살피고, 대숲 근처도 두리번거렸다 그리고 마당과 이어진 작은 숲도 소요했다. 밤나무, 소나무, 단풍나무, 느티나무, 회화나무가 띄엄띄엄 자유방임적으로 자라고 있다. 꾸미지 않은 듯 꾸민 숲이 참 아늑하다. 몇 걸음 옮길 때마다 큼지막한 주춧돌이 지상으로 살짝 얼굴을 내민다. 당간과 더불어 이 주춧돌도 이곳이 옛 갑사가 있던 자리임을 말해주는 흔적이다.

나는, 가능하면 늦여름이나 초가을에 갑사를 찾는다. 꽃이 핀 배롱나무를 감상하기 위해서다. 대적전 영역은 조용하고 아담해서 그 자체로 산사다운 면모를 갖추고 있지만 배롱나무가 없었다면 이곳의 매력은 반감되었을 것이다. 수령이 족히 환갑은 됨직한 배롱나무는 마당 한편에 의젓하게 서 있다. 이름난 절집치고 배롱나무 한 두 그루 품지 않은 절이 드물지만 대적전 배롱나무만큼 주변 풍경과 잘 어울리는 예는 많지 않다. 화무십일홍이라 했거늘, 여름에 찾았을 때 막 꽃을 피워내고 있었는데 진짜 100일 동안 제 몸을 불태우려는 심사인지 가을이 익고 있는데도 꽃잎은 여전히 붉다. 물러나는 계절을 붙잡기라도 하려는지 배롱나무는 제 몸을 맹렬히 불태우고 있다. 그 모습을 보자 마음이 저절로 애틋해진다.

고요가 흐르는 대적전 구역. 원래 갑사는 이 자리에 있었다.

햇살이 힘을 잃어갈 즈음 대적진을 나와 갑사 영역으로 들어섰다. 청년 김구가 보았던 그 감나무인가. 감나무가 범종루 마당가에 무리를 이루고 있다. 나무는 제법 고목 티가 나지만 그렇다고 100년이 넘은 것 같지는 않다. 아마도 김구 선생이 보았다던 그 감나무의 아들쯤 되지 않을까 싶다.

갑사는 김구 선생과 인연이 있지만 같은 시대를 살면서 백범과는 정반대의 삶을 산 친일파 윤덕영과도 지을 수 없는 악연을 맺고 있다. 백범은 나라와 백성을 위해 온몸을 던졌지만 윤덕영은 사리와 사욕을 위해 영혼까지 팔았다. 몸을 던진 자와 영혼을 팔아먹는 자. 둘은 동시대를 살면서 철두철미하게 다른 길을 걸었다. 백범을 생각하면 가슴이 아려오고 윤덕영을 떠올리면 분노를 지나 연민이 올라온다.

윤덕영은 충청도 공주 사람이다. 그는 조선 왕실의 외척이었다. 고종과는 사돈 사이이고, 순종이 조카 사위였으니 외척 중의 외척이었다. 스러져가는 나라를 마지막까지 지켜야할 외척이었지만 그는 사리사욕에 눈이 멀어 조선을 아예 일본에 갖다 바쳤다. 조선총독부 사주를 받고 고종을 7일 동안이나 설득하고 강압하여 한일합방 조인을 수락하게 한 것이다. 윤덕영은 나라를 팔아먹은 것으로 모자랐던지 이번에는 순종을 일본 왕실의 종묘에 참배까지 하게 하였다. 이 또한 고종을 집요하게 회유하고 겁을 주어 반 강제로 허락을 받아낸 것이었다. 그의 친일이 얼마나 심하였던지 1935년 일본이 펴낸《공로자명감》은 "1910년 병합을 맞아 상하의 안태安泰를 위해 평온 원만한 해결을 하려고 노력한 사람으로, 그 정성, 그 상식은 당시 가장 걸출한 인물로서 빛나고 있었다."고, 최고의 수사를 동원하여 칭찬하고 있다.

왼쪽 친일파 윤덕영의 별장 자리에 들어선 찻집. 오른쪽 윤덕영이 새겨놓은 갑사구곡 암각문.

그는 한일합방의 공로를 인정받아 일본으로부터 은사금 5만원과 자작 작위를 얻었다. 요즘 돈으로 치면 강남 아파트 몇 채 값과 허울 좋은 작위를 받는 대가로 금쪽같은 민족의 정신과 2천만 겨레를 통째로 팔아먹은 것이다. 불행하게도 갑사 주변엔 윤덕영의 흔적이 지천으로 널려 있다. 중국 송나라의 유학자 주희는 복건성에 있는 무이산(옛날에 신인인 무이군이 살았다고 전해지는 유명한 산)에 들어가 제자를 가르쳤는데 굽이굽이 흐르는 계곡의 아름다움에 반하여 '무이구곡'이라고 하였다. 주희는 그가 머물던 정자에도 무이정사라고 이름을 붙였다. 이를 본 따 율곡 이이는 황해도 고산에 은병정사를 짓고 그곳에 머물며 〈고산구곡가〉를 지었고, 퇴계 이황은 속리산 자락에 놀러 갔다가 신선이 놀만큼 아름다운 계곡을 발견하고는 '선유동구곡'이라는 이름을 지어주었다. 우암 송시열이 이름을 지은 괴산의 '화양구곡'도 그 뿌리는 주희다. 이렇듯 조선의 선비들은 물이 맑고 경치가 빼어난 계곡을 '구곡'이라 부르며 주희의 풍류 정신을 닮고자 했다.

친일파 윤덕영의 근본은 앞선 학자들과 천양지차였으나 그래도 그들의 풍류는 흉내를 내고 싶었는지 갑사 계곡 아홉 군데 절경마다 '갑사구곡'이라고 이름 붙였다. 갑사구곡은 갑사 초입에 있는 용추교 아래의 연못부터 동학사 가는 길에 있는 용문폭포까지 길게 이어진다. 윤덕영은 구곡마다 흉측하게 암각문을 새겨놓았다. 선비들의 정신은 외면하고 겉모습만 닮으려 했으니 그 경박함이 이렇듯 지울 수 없는 상처를 남겨 놓았다.

바위에 글자를 파는 것만으로 모자랐던지 갑사 바로 옆에는 간성장이라는 별장까지 지었다. 30년 전만 해도 별장의 흔적이 남아 있었는데, 지금은 그 자리에 전통 찻집이 들어섰다. 이곳은 갑사에서 경치가 가장 빼어나다. 계곡 바로 위에 있어서 사시사철 물소리가 끊이지 않을뿐더러, 특히 갑사의 가을 단풍과 겨울 설경을 감상하기에 이보다 더 좋은 곳이 없다.

오리숲을 내려오며 두 사람의 삶을 생각했다. 당장은 영화로웠으나 끝내는 민족의 죄인이 된 윤덕영과 처음은 고단했으나 마침내 민족의 스승이 된 김구. 다행히 우리 시대가 극단의 삶을 요구하지는 않지만, 그래도 나는 묻는다. 내 안에 '윤덕영'은 없는가? 나의 삶은 얼마나 아름다운가? 갑사가, 산에서 내려온 바람이, 오리숲의 고목이 또 묻는다.

어떻게 살 것인가?

모두가 좋다고 하면 이미 좋은 것이 아니다
봉정사

봉정사_경북 안동시 서후면 천등산에 있다. 672년 의상의 제자인 능인대사가 처음 절을 세웠다고 한다. 우리나라에서 가장 오래된 목조건물인 극락전(국보 15호)을 비롯하여 대웅전(국보 311호), 고금당, 화엄강당 등 내로라하는 목조건축 문화재가 옹기종기 모여 있다. 봉정사는 1200년대에 처음 지어진 것으로 추정되는 극락전 때문에 유명해졌지만 이 절의 진짜 매력은 나이 600살을 헤아리는 대웅전이다. 긴 세월 동안 숙성되어 완숙한 고건축의 원형 이미지를 품고 있다. 절 옆에는 우리나라 10대 정원으로까지 꼽히는 영산암이 있다. 영산암 마당은 그러나 지나치게 많은 요소 때문에 어수선하고, 과한 인공미를 추구한 까닭에 중용의 미를 잃었다. 봉정사 홈페이지에 따르면 조선 초기만 해도 승려가 100여명이나 머물고, 땅 1만평에 75칸의 당우를 가진 큰 절이었다고 한다.

이름난 절은 대부분 유원지처럼 붐빈다. 사람이 넘치는 거야 꼭 나쁘다고 할 수 없지만 문제는 턱밑까지 치고 올라온 상업 시설이다. 이에 비하면 봉정사는 제법 호젓한 절이다. 건축 문화재가 많아서, 특히 영국 여왕이 다녀간 뒤로 유명세를 탄 절치고는 다행스럽게도 상업주의가 크게 침범하지 못했다. 여러 까닭이 있을 것이다. 절이 깃들어 있는 천등산이 설악산처럼 빼어난 산이 아니어서 그랬을 테고, 뱀사골처럼 아름다운 계곡을 거느리지 못한 것도 탐탁한 이유일 것이다.

봉정사가 호젓한 절로 남은 이유를 하나 더 꼽는다면 그것은 절 앞에 있는 소나무 숲이다. 주차장에 차를 세우고 조금 가파른 언덕을 오르면 이윽고 소나무 숲길이 나타난다. 옛 역사나 신화에서 숲은 신성한 공간이다. 경주 김 씨의 시조인 김알지는 숲에서 태어났다. 계림이다. 단순히 생명의 숲을 넘어 신라 김 씨 왕조의 시조가 탄생한 신성한 곳이다. 그리고 계림은 곧 나라 이름을 나타내는 대명사로 발전한다. 고구려의 시조인 주몽의 어머니 유화가 부여왕 금와를 만난 곳도 태백산의 우발수라는 숲속이었다.

봉정사 송림은 신성성의 이미지와 많이 다르다. 이 절의 소나무는 낙락장송이 아니다. 울진 소광리 소나무 숲엔 턱없이 모자라고, 해인사 홍류동 계곡이나 개심사의 범상치 않은 소나무에도 한참 뒤떨어진다. 키가 작은 데다가 뜯어보면 품위도 없다. 퇴계가 제자를 가르쳤다는 명옥대 근처의 소나무 몇 그루를 빼고 나면 지리멸렬하기까지 하다. 그런데도 나는 이 숲길이 좋다. 소나무 숲이 없었다면 상업주의는 봉정사 코앞까지 야금야금 진

출했을 것이다. 하나하나 떼어 놓고 보면 지극히 평범하지만, 그 평범한 나무들이 힘을 모아 인간의 탐욕이 산으로 오르지 못하도록 든든한 방어벽을 치고 있다. 평생 찬사 한 번 받지 못했을 소나무가 산사의 매력을 지키는 불침번 노릇을 하고 있다. 생각해 보면 역사의 수레바퀴도 이렇게 전진한다. 산업화의 영광도, 빛나는 민주화도 숱한 무명씨의 꿈과 연대가 모여 만든 승리의 역사다. 봉정사 소나무 숲은 연대의 힘이 얼마나 소중하고, 더불어 사는 삶이 얼마나 아름다운지, 조용히 깨우침을 주는 듯하다.

솔숲이 끝나면 일주문(90년대 초만 해도 일주문은 없었다. 90년대 후반 언제쯤 새로 세운 게 아닌가 싶다.)이고, 일주문부터는 50미터 남짓 참나무 숲이 이어진다. 비록 작은 숲이지만 갈참나무가 워낙 커서 듬성듬성 서 있는데도 하늘을 다 가린다. 숲을 빠져나와 고개를 들면 이윽고 봉정사 만세루가 시야에 들어온다. 무슨 비밀을 숨겨놓기라도 한 것일까? 만세루는 장막을 펼치듯 좌우로 날개를 펴 봉정사를 가리고 있다. 절 아래에 서서 누각을 올려다 보고 있으면 사찰 내부에 대한 궁금증이 저절로 일어난다.

만세루 밑은 경사가 급한 계단이다. 신전으로 오르는 계단이라고는 믿기지 않을 만큼 볼품이 없다. 조금 전 사찰 들머리에서 본 못생긴 소나무처럼 조촐하다. 계단은 크기와 모양이 비슷한 작은 자연석으로 만들었다. 돌이 울퉁불퉁하여 밑창이 얇은 신발을 신고 오르면 발바닥이 아플 것 같다. 축대도 이에 뒤지지 않는다. 크고 작은 막돌을 마구 뒤섞어 쌓았는데 천등산 어디에나 있을 법한 돌을 그대로 사용하였다. 계단도, 축대도 처음부터 있었던 것처럼 질박하고 자연스럽다. 기교가 없는 조촐한 아름다움이 묻어난다. 요즘 식으로 표현하면 '쌩얼'의 미학이다.

봉정사 축대와 계단을 보고 있으면 김춘수의 시가 생각난다. 계곡에 아무렇게나 뒹굴고 있었을, 그러나 누군가의 부름을 받아 고졸하게 존재감을 드러내고 있는, 아울러 절로 오르는 사람에게 평안과 정겨움을 주는 계단과 축대를 보고 있으면 자꾸 김춘수의 시 〈꽃〉이 떠오르는 것이다. 평범한 돌로 만든 특별한 공간이다.

흔히 봉정사를 목조건축 박물관이라고 한다. 이 절엔 고려 중기부터 조선 후기에 이르기까지 시대별 목조건축이 모두 모여 있다. 그 중에서도 제일 주목받는 건물이 극락전(국보 15호)이다. 극락전은 우리나라에서 가장 오래된 건물이다. 1972년 보수 공사 때 1625년에 작성한 상량문이 발견되었다. 이 상량문에 1363년에 고쳐지었다는 기록이 나오는데, 목조건물은 120~150년 정도 지난 다음에 중수하는 게 보통이므로 극락전이 처음 만들어진 시기는 1200년대 초로 추정할 수 있다. 나이 800살을 헤아리는 우리나라 목조건축의 웃어른이다.

극락전은 삼국시대 건축 원형을 간직한 거의 유일한 건물로 평가받고 있다. 우리나라 목조 건축사의 맨 앞에 있으므로, 게다가 전통의 계보까지 잇고 있는 직계 장자로, 극락전이 귀한 대접을 받는 것은 너무 당연한 일이다. 그러나 내가 보기엔 극락전의 가치는 딱, 거기까지다.

이상하게도 나는 극락전 앞에서 뚜렷한 감동을 느끼지 못했다. 지금까지 예닐곱 번은 찾아갔으나 흥분이나 떨림, 내면의 울림 같은 것은 일어나지 않

봉정사, 31cm×46cm, 흙벽화 기법에 천연 안료, 2010

았다. 소박한 에세이를 읽은 느낌이라고나 할까? 수수함, 단아함, 꾸밈없음. 떠오르는 낱말도 대충 이 정도이다. 《곱게 늙은 절집》의 지은이 심인보 말처럼 최고最古가 최고最高는 아닌 것이다.

오히려 나를 흥분시키는 것은 대웅전(국보 311호)이다. 봉정사 대웅전을 생각하면 가슴이 두근거린다. 20년 가까이 지났는데도 처음 대면했을 때의 짜릿했던 기억이 모락모락 솟아오른다. 1990년대 초였다. 잡지 기자 생활을 한 지 2년쯤 지나자 지방 취재 기회가 주어졌다. 첫 지방 취재지가 안동이었다. 도산서원과 하회마을 취재를 마치고 이튿날 봉정사에 도착했다. 안동엔 아침부터 함박눈이 내리고 있었다.

대웅전은 쉽게 제 모습을 드러내지 않았다. 봉정사의 구조가 그랬다. 밖에서 보이는 것은 만세루뿐이었다. 심지어는 만세루 밑으로 누하진입을 하고 나서도 대웅전은 보이지 않았다. 다시 계단을 몇 개 더 밟고 올라서자, 그제야 제 모습을 온전히 보여주었다. 대웅전을 만나는 상황은 이렇듯 극적이었다.

나는 대웅전 마당에 서서 한동안 넋을 놓고 있었다. 처음 느낀 감정은 비현실감이었다. 내가 올려다보고 있는 대웅전이 사찰 건축이 아니라 아주 큰 새처럼 보였다. 대지를 박차고 하늘로 날아오르려고 지금 막 날개를 펼친 거대한 새 같았다. 혹 장자에 나오는 붕새가 저렇게 생기지 않았을까? 혹시 저 것은 9만리를 날다가 6개월 후에나 한 번 쉰다는 붕새의 새끼가 아닐까? 함박눈이 내리는 오후, 나는 새처럼 활짝 날개를 편 고건축 앞에서 난생처음 겪어보는 감정에서 헤어나지 못하고 있었다.

사실을 고백하자면 나는 대웅전이 극락전인 줄 알았다. 처마 밑에 '대웅전'이라는 한자 현판을 달고 있었으나, 나는 대웅전이라 읽어 놓고도 머릿속으로는 극락전이라 믿고 있었다. 800년 고건축에 대한 기대감 섞인 선입관 때문이었다. 극락전은 국내 최고의 고건축이므로 세월의 깊이감이 짙게 배어 있을 거라고 기대하고 있었는데, 눈앞에 서 있는 대웅전이 실제로 그랬다. 대웅전은 한 두 마디로 설명하기 힘든 어떤 기운을 마당 가득 풀어놓고 있었다.

봉정사 대웅전은 심장을 두드리는 감성을 품고 있다. 대웅전을 바라보고 있으면 언제나 감격스럽다. 우리가 상상하는, 잘 숙성된 고건축의 원형 이미지를 품고 있는 까닭이다. 나는 봉정사 대웅전에서 시간의 미학을 느낀다. 기둥 살이 툭툭 터지고, 단청은 다 변색해서 형체도 잘 드러나지 않지만, 그래서 오히려 깊은 연륜과 그 연륜에서 우러나오는 우아한 아름다움이 은근하게 마음을 흔든다. 서정주 식으로 표현하면 젊음의 뒤안길에서 돌아와 거울 앞에선 누님처럼 생겼다.

1999년까지만 해도 대웅전이 언제 지어진 건물인지 정확히 알 수 없었다. 1962년 보수할 때 발견한, 1601년에 쓴 묵서에 "다행히 임진란 때 화를 입지 않아서 법당의 오래된 지붕만 새로 고친다."는 기록을 근거 삼아 조선시대 초의 건물로 추정하고 있었다. 그런데 새로운 밀레니엄이 시작된 2000년 2월 대웅전을 수리하다가 세종 17년, 그러니까 1435년에 법당을 중창했다는 묵서를 발견하였다. 대웅전을 지은 시기가 정확하게 밝혀진 것이다. 재미있는 사실은 목재의 연륜 연대를 측정 결과 일부 나무가 1400년대

봉정사 대웅전. 새가 날개를 펼친 듯한 모습이 무척 우아하다.

이전에 벌채된 것으로 나타났다는 것이다. 대웅전을 해체할 때 부재를 다 버리지 않고 예전 목재를 다시 사용한 것으로 보인다. 부재 중에서 일부는 조선이 아니라 고려시대 것인 셈이다. 법당 내부의 목조 불단도 고려시대 (1361년, 공민왕 10년)에 제작된 것으로 밝혀졌다. 대웅전은 그러므로 고려와 조선의 시간을 동시에 품은 건축이다.

20년 전에는 새처럼 보이던 대웅전이 언제부턴가 거대한 꽃으로 보이기 시작했다. 꽃이되 그냥 꽃이 아니다. 정과 끌과 대패로 만든 꽃이다. 자르고 쪼고 갈고 다듬어 만든 거대하지만 조형미와 형식적인 안정감이 돋보이는 나무 꽃이다. 생명이 없는 건물인데도 대웅전에서는 생명이 느껴진다. 봉정사 대웅전은 긴 시간을 견디며 표정과 스토리를 만들었고, 스스로 영혼을 얻었다. 햇빛과 바람과 세월을 다 받아들여 스스로 생명이 되었다.

봉정사는 안동시 서후면 천등산 기슭에 있다. 천등은 하늘의 등불이라는 뜻이고, 봉정은 봉황이 머문다는 뜻으로, 천등과 봉정은 둘 다 부처를 가리킨다. 부처의 빛이 비추는 산이요, 부처가 머무는 절이니, 이곳이 곧 부처의 땅이라는 의미다. 그러나 안동은 공자의 땅이기도 하다. 역설적이게도 유교적 전통이 고스란히 배어있는 이 도시에 1400년이나 된 불교 사원이 당당히 한 자리를 차지하고 있다. 봉정사는 유학의 중심지에서 용케도 제 몸을 잘 간수했다. 나는 이 점이 늘 의문이었다.

안동은 종종 보수성을 상징하는 지역으로 회자된다. '보수적'이라는 말은 긍정보다는 부정의 의미로 더 많이 쓰인다. 그러나 과거의 안동은 보수적이되 보기 드물게 교양의 정신이 흐르는 고장이었다. 요즘의 언어로 표현하면 '다름'과 '차이'를 인정하는 전통이 깊숙이 스며든 고을이었다. 하회마을에 가면 색깔이 다른 두 가지 문화를 경험할 수 있다. 기와집과 줄불놀이로 대표되는 양반문화와 초가와 하회탈놀이로 상징되는 민중문화이다. 유교문화와 불교문화도 아름답게 공존하고 있다. 도산서원과 병산서원, 많은 종택과 헛제사밥이 유교문화라면 벽돌로 만든 전탑과 제비원 석불, 그리고 봉정사는 불교가 낳은 문화유산이다. 내 것을 소중히 생각하되 남의 것을 인정하는 배려와 관용이 없었다면 성격이 판이하게 다른 두 문화가 동시에 존재하기는 쉽지 않았을 것이다. 안동은 교양과 지성으로 이질적인 문화를 끌어안았다. 그 배려의 정신으로 지켜낸 공존의 문화 풍경이 사람들을 안동으로 불러들이고 있다.

안동은 '차이'를 존중했을 뿐 아니라 때로는 서로 섞여들거나 장점을 받아들이기도 하였다. 그 흔적을 봉정사 대웅전 툇마루에서 찾을 수 있다. 툇마루는 우리나라의 제법 큰 전통 가옥에서는 흔히 볼 수 있는 공간이다. 하지만 절간의 법당에서 툇마루를 낸 예는 여간해서 찾기 힘들다. 그런데 유독 안동 지역에서는 예외이다. 대웅전뿐만 아니라 1972년 해체 후 보수하기 전까지 극락전에도 툇마루가 있었다고 한다. 고금당도 마찬가지였다. 봉정사 옆에 있는 영산암에도, 그리고 천등산에 안긴 또 다른 절인 개목사 원통전에도 툇마루가 있다.

전통 가옥에서 툇마루는 방과 방, 혹은 방과 마당을 유기적으로 연결해주는 기능을 한다. 닫힌 공간과 닫힌 공간, 닫힌 공간과 열린 공간을 이어주고 소통하게 해주는, 실내이면서 외부이고, 바깥이면서 동시에 내부인 중간 지대인 셈이다.

안동은 툇마루가 유난히 많이 남아 있는 곳이다. 하회마을의 충효당과 양진당, 그리고 학봉 종택을 비롯한 안동의 많은 전통 한옥에서 지금도 흔히 볼 수 있다. 툇마루 문화는 자연스럽게 산으로 올라가 봉정사와 개목사에도 자리를 틀었다. 천등산의 두 절은 불교의 고유 건축 형식을 고집하기보다는 전통 가옥의 구조적인 장점을 스스럼없이 수용하여 나라 안에서 보기 드문 독특하고 개성이 넘치는 사찰 건축을 성취하였다.

봉정사는 비워서 (또는 버려서) 얻었다. 고집을 버려서 툇마루를 얻었다. 막힘을 버려서 열림을 얻었고, 불통을 버려서 아름다운 소통을 얻었다. 대웅전 툇마루가 묵언으로 일러준다. 비우면 채울 수 있다고. 열어야 비로소 받아들일 수 있다고.

석가모니를 양편에서 협시하는 보살부처처럼, 봉정사는 좌우에 부속 암자를 하나씩 거느리고 있다. 지조암과 영산암이다. 이 중에서 영산암은 대웅전이나 극락전에 비견될 만큼 이름난, 그래서 봉정사의 숨겨진 보물이라고 대접받는 암자이다. 몇몇 영화와 드라마를 여기에서 촬영했기 때문이기도 하지만 한옥 조경의 전형을 보여준다는 안마당 덕도 이에 못지않다. 봉정사 요사채 옆으로 난 사립문을 지나 돌계단(내 기억이 정확하다면 90년대

영산암 계단. 영산암은 석가모니가 법화경을 설파했다는 인도 영취산에서 암자 이름을 따왔다.

초에는 돌계단이 없었다. 좁은 길을 걸어 올라가야 영산암에 이를 수 있었다.)을 오르면 이윽고 영산암이다.

암자의 이름은 석가모니가 법화경을 설파하였다는 인도의 영취산에서 따온 말이다. 봉정사와 마찬가지로 영산암도 누하진입을 해야 하는데, 출입문을 겸하고 있는 이 누각의 이름이 기가 막히게 아름답다. 우화루. 꽃비가 내리는 누각이다. 석가모니가 득도를 한 후 영취산에서 처음 설법을 할 때 마치 축복처럼 꽃비가 내렸다고 한 데서 따온 이름이다.

우화루를 지나면 3단으로 이루어진 마당이 나온다. 승효상, 유홍준, 김봉렬 등이 앞서거니 뒤서거니 이 마당에 찬사를 보냈다. 우리 전통 건축이 이룩한 공간 미학의 전형이자 집합으로서의 건축적 조화, 그리고 분리와 통합의 멋을 성취하고 있다는 것이다. 영산암은 미음(ㅁ)자 모양의 절집으로 작은 건물 대여섯 개가 마당을 성처럼 둘러싸고 있다. 마당은 경사진 지형을 살려 계단식으로 꾸몄다. 우화루에서 바라보면 마당 왼쪽에 바위가 있고, 바위 틈에는 제법 큰 소나무가 기적처럼 자라고 있다. 그 옆에는 배롱나무 한 그루가 서 있다. 영산암 마당은 얼핏 보아도 절간의 마당 같지가 않다. 바위와 나무가 있는 것도 그렇고, 작은 정원수를 심어놓은 것도 그렇다. 절간의 마당이라기보다는 살림집 마당처럼 보인다. 대웅전의 마당이 엄숙하고 남성적인 분위기를 풍긴다면 영산암 마당은 아기자기하고 여성적인 느낌을 더 많이 주는 곳이다.

그러나 이런 특징은 영산암 마당을 다른 절집 마당과 구분해주는데 봉사할 따름이다. 바꾸어 말하면 여성적이고 살림집 같은 이미지는 마당의 성격을 설명해주는 수사이지, 그 자체가 이 마당의 미적 우월성을 보장해주는 것은 아니라는 뜻이다. 브레히트는 의심하는 것은 찬양받을 일이라고 말했다. 또 노자는 《도덕경》에 모두가 아름답다고 말하는 것은 이미 아름답지 않다고(추하다고) 그의 미학을 짧게 풀어놓았다. 브레히트의 시 한 구절과 노자의 사자후에 용기를 내어 시비를 걸자면, 솔직히 나는 영산암 마당이 불편하다. 영산암 마당은 너무 많은 요소를 담고 있다. 그래서 공간이 산만하고 어수선하다. 꽤 큰 바위와 제일 많은 공간을 차지하고 있는 소나무, 배롱나무, 석등, 장식용 돌과 키 작은 관상수, 화초, 그리고 몇 개의 화단과 풀과 꽃나무들……. 아무리 생각해도 좁은 터에 너무 많은 것을 채워놓았다. 중용의 덕목을 외면한 탓이다.

한 발 물러나, 마당만 놓고 보면 표정이 다채로우니 그래도 나은 편이다. 마당과 관계를 맺고 있는 주변 건물까지 눈에 넣고 나면 마음이 더 심란해진다. 사방으로 작은 건물이 다닥다닥 붙어 있어서 폐쇄감도 심한 편이다. 우화루의 벽을 트고, 송암당 한쪽을 누마루로 처리하였으나 시원한 개방감을 주지는 못한다. 심리적인 불편함은 날이 무덥고 마당의 식물이 무성하게 자라는 여름철에 두드러진다. 화초가 생기를 잃는 가을이나, 아예 겨울이 되면 마당의 입체적인 표정과 살림집 같은 살가운 맛을 그런대로 느낄 수 있다. 나무들이 옷을 벗고, 꽃나무들이 잎을 숨기고, 여기에 산바람이 지나가면 마당이 한결 편안하게 다가오는 것이다. 그렇다 하더라도 공간 미학의 전형이라고 평가하기에는 여전히 과유불급이다.

유홍준 교수는 대웅전 마당의 엄숙함, 극락전 마당의 아담함과 비교하며 영

영산암 마당. 인공적인 요소를 너무 많이
가미한 까닭에 수다스런 마당이 되었다.

산암 마당을 감정 표현이 강하게 나타난 복잡한 마당이라고 말했다. 그의 탁월한 발견에 동의한다. 세 가지 형식의 한국 전통 정원을 모두 성취한 곳은 아마도 봉정사가 유일할 것이다. 하지만 그렇다고 영산암 마당이 형식미과 조형미를 동시에 갖춘 마당이라고 보기는 어렵다. '감정 표현이 강하게 나타난 마당'이라는 말을, 나는 '인공미가 강하게 표현된 마당'으로 바꾸고 싶다. 물론 그 인공미는 일본 정원의 인공미가 아니라 한국적 인공미이다. 일본의 인공미가 자연을 탈색시킨 것이라면 영산암의 인공미는 자연을 너무 많이 끌어들였기에 나타난 것이다. 일본의 인공미는 사람을 소외시키고 영산암의 인공미는 사람의 마음을 불편하게 한다.

영산암 마당에 필요한 것은 덧셈의 조경이 아니라 뺄셈의 미학이다. 내가 보기엔 인공 요소를 뚝 잘라 반은 들어내야 한다. 바위와 소나무, 석등, 그리고 화단의 꽃나무 몇 그루. 이것으로 족하다. 나머지는 군더더기다. 영산암 마당은 덜어내고 비워낸 뒤에야 비로소 '중용의 미학이 구현된 마당'으로 다시 태어날 수 있을 것이다.

언제나 그렇듯이 봉정사 기행의 종착지는 만세루다. 만세루를 보며 답사를 시작해서 만세루에서 끝을 맺는, 나름의 수미상관 식 여행법이다. 만세루는 문이면서 누이다. 아래층은 봉정사 중정으로 오르는 문이고 위층은 절 안팎 풍경을 감상하는 누이다. 만세루는 극락전이나 대웅전에 비하면 그다지 특별한 집은 아니다. 이 절의 당우 가운데 나이도 가장 어리고 국보는커녕 고금당이나 화엄강담처럼 보물 축에도 끼지 못한다. 격조로 치자면 봉정사에서 가장 볼품이 없지만, 그래서 대접도 영 시원치 않지만 나는 이 누각이 좋다. 누마루에 앉아 쉬면서 사찰 여행을 되새김하기에 여기만큼 좋은 곳이 없다. 만세루는 봉정사의 안과 밖을 연결해주는 중간 공간이다. 고개를 안으로 돌리면 대웅전이고 시선을 밖으로 던지면 천등산의 일부가 쏟아져 들어온다.

지난해 가을에도 만세루에서 사찰 여행을 마무리했다. 이종송 교수, 전성영 사진작가와 동행했는데, 대웅전, 극락전, 영산암까지 천천히 둘러보고 이종송 교수와 만세루로 향했다. 전성영 작가는 사진을 만들기에 여념이 없었다. 올라오라고 몇 번을 권해도 해가 지면 다 소용없다며 절 안팎을 샅샅이 뒤지고 다녔다. 전성영 작가가 가을을 찍는 동안 우리는 가을을 즐겼다. 인적이 드문 평일의 늦은 오후, 이종송 교수는 봉정사의 가을을 화첩에 담고, 나는 만세루 기둥에 기대고 앉아 그가 담고 남은 천등산의 가을을 눈에 넣고 있었다.

가을은 하늘에서 내려오고 있었다. 울긋불긋 붓질을 하며 천등산 꼭대기로, 다시 어깨로, 가슴께로……, 화려하게 하강하고 있었다. 치장을 시작한 산은 관능적이기까지 하다. 나는 금욕의 집 절간에서 점점 붉게 달아오르는 천등산을 오래 더듬고 있었다. 감나무는 붉게 익어가고, 은행나무와 참나무는 노랗게 물들고 있었다. 그리고, 소나무는 계절에 무심한 듯 추사의 〈세한도〉처럼 저 혼자 푸르게 서 있었다.

어디까지 버리고 어디까지 채울 것인가
무량사

무량사_충남 부여군 외산면에 있다. 부드러운 만수산에 포근하게 안겨 있다. 외지고 한적해서 마음 편히 쉬기에 더없이 좋은 절이다. 신라 문무왕 때 범일국사가 창건했다고 한다. 백제 유민의 저항심을 불교의 힘으로 무마하고, 백제의 옛 땅을 공고히 지배하기 위하여 세운 듯하다. 시대와 불화한 생육신 김시습이 머물다 이곳에서 저물었다. 절 부근에 그의 부도가 있다. 느티나무와 소나무, 석탑, 석등이 조화를 이룬 마당은 조경의 백미이고, 1600년대 초에 지은 극락전(보물 제356호)은 보기 드문 2층 법당이다. 꼭대기까지 치고 올라간 기둥의 상승감이 장중하면서 경쾌하다. 격조와 우아함, 거기에 교양미까지 갖춘 건축이다. 극락전 앞에 있는 오층석탑은 고려 때 쌓은 것이지만 백제의 영혼을 듬뿍 머금고 있다. 부여 정림사지 오층석탑과 익산 왕궁리 오층석탑의 족보를 잇고 있다. 산에 꽃이 피는 5월 초와 늦가을의 절 풍경이 무척 아름답다.

오늘도 걸었다.

오늘도 어지간히 걸었다.

오늘도 걷는 것이 일이었다.

_이문구의 《매월당 김시습》 중에서

여름이 떠나가고 있었다. 이윽고 여름이 물러난 그 길을 따라 살랑살랑 가을이 걸어오고 있었다. 부여 지나 무량사로 가는 내내 김시습을 생각했다. 천재였으되 종내는 걷는 것이 일이었고 방랑이 그대로 삶이었던 사람. 사하촌을 지나고 은행나무 길을 천천히 달리고, 주차장에 차를 세울 때까지, 선비였고 학자였고 승려였고 시인이었고 소설가였고 그러면서 농부였던, 김시습의 길 위의 인생을 여전히 더듬고 있었다. 평양으로 강릉으로 금강산으로 경주로 다시 강릉으로 떠돌던 그는, 왜 부여 땅 무량사에 몸을 뉘었을까? 왜 해 뜨는 동해에서 해가 지는 서쪽까지 와 스스로 저물었을까? 기억이 정확하다면, 나는 무량사를 두 번째 찾았다. 그런데, 헷갈렸다. 이상하게도 이번 방문이 세 번째라는 생각이 드는 것이다. 첫 번째는 내가 청춘일 때였다. 오래전 일이어서 시절이 봄이었는지 아니면 여름이었는지조차 아른아른하다. 두 번째 기억은 더욱 오리무중이다. 내가 기억해 낸 것이라곤 신비하고 몽롱한 기운으로 가득 찬, 안개가 내린 마당뿐이다. 마당은

무량사로 가는 길. 산사로 가는 길답게 무척 호젓하다.

남자의 여행,
비우려고 떠나서
채우고 돌아오다

지척도 분간하기 힘들만큼 온통 안개였다. 그 모습은 차라리 무진이었고, 백색의 계엄령이었다. 안개 저편에서 풍경이 혼자 울고 있었다. 누군가 마당을 지날 때마다 재잘재잘 조약돌 소리가 들려왔다. 극락전도, 천 년을 살아온 석탑도, 그리고 키 큰 느티나무도 모두 안개에 갇혀 있었다.

이게 전부다. 나머지는 꿈인지 생시인지 분간하지 못할 만큼 몽롱하다. 천지간에 가득했던 안개를 빼고 나면 내가 무량사에 오기는 했었는지조차 헷갈렸다. 무량사 안으로 걸어가면서 나는 다시 한 번 지난날을 호출하기 시작했다. 5년, 10년, 15년……. 과거 여행 기억을 샅샅이 뒤져보았지만 아무것도 찾아내지 못했다. 거쳐 간 길도, 주변 풍경도, 심지어는 동행한 사람을 떠올리는 것도 실패하고 말았다. 그렇다면 내가 꿈을 꾼 것인가?

생각을 수습하고 나자, 일주문이 온화한 표정으로 내려다보고 있다. 만수산 무량사. 만년을 사는 산과 무한해서 셀 수 없는 절이니 이 둘은 사실은 같은 뜻이다. 시간도 공간도 질도 양도 한량이 없는 곳, 그곳이 만수산이고 무량사이다. 조금 다르게 말해보자. 우리 모두가 꿈꾸는 서방정토, 아미타 부처가 산다는 극락세계, 그곳이 여기이다. 나는 지금, 극락으로 가는 문 앞에 서 있다.

일주문을 지나 백 미터쯤 더 가자 다리가 나타났다. 길이, 다리를 건너 먼저 절로 오르고 있다. 양 옆으로는 느티나무, 전나무, 회화나무, 소나무가 울울창창하다. 길은 매양 호젓하였다. 숲길이 끝나는 곳에 천왕문이 서 있다. 절 안으로 들어서다가 오른쪽 저편에서 사람인지 동물인지 분간이 가지 않는, 검은 듯 희끗한 기운을 느꼈다. 그것은 생물이 아니라 절간을 기웃거리는 당간지주였다. 예전엔 무량사 영역이 여기부터였던 모양이다. 당간지주는 옛 무량사의 구조를 알려주기 위해 저렇게 담장 밖에서 늘 서성거리고 있었던 모양이다.

천왕문을 지나 마당으로 들어섰다. 조금 과장하면, 무량사 마당으로 들어서는 순간, 나는 넋을 잃고 말았다. 그동안 좋아했던, 수사적인 단어로 찬사를 보냈던 이 나라의 아름다운 마당을, 나는 금세 잊어버렸다. 이 마당을 만들어준, 그러나 이름도 성도 모르는, 명예도 존경도 누리지 못했을, 이 시간 이전의 모든 건축 장인과 석공들에게 머리를 숙였다. 또 아름다운 마당을 지켜준, 이 절을 거쳐 간 스님과 보살들, 그리고 지금 이곳에 머물고 있는 모든 스님에게 감사하는 마음으로 합장을 하였다.

나는 두 번 놀랐다. 한 번은 마당이 너무 커서 놀랐고, 또 한 번은 그런데도 커 보이지 않아서 놀랐다. 눈대중으로 짐작해도 무량사 마당은 여느 절의 그것에 비해 두 배는 되어 보인다. 그런데도 허전하지 않다. 허전하기는커녕 오히려 아늑하고 운치가 넘친다. 왜 그럴까? 마당에 흐르는 이 신비한 서정성은 어디에서 오는 것인가?

비움과 채움. 무량사 마당의 매력을 짧게 표현하라면 이렇게 말하고 싶다. 마당은 중앙을 기준으로 좌우로 나눌 수 있는데, 왼편은 비워 놓았고, 오른쪽은 나무로 채워 놓았다. 수직성이 제 숙명인양 하늘로 곧게 뻗은 전나무, 겸재의 그림에서 막 뛰쳐나온 듯 기품이 넘치는 소나무, 절간이 아니라면 그 자체로 이미 신앙의 대상이 되었을 법한 느티나무. 한쪽은 비워 두었고

무량사는 마당이 무척 아름답다. 길 위의 지식인이자 《금오신화》의 저자인 김시습이 이 절에 잠들어 있다.

다른 한쪽은 채웠으므로, 다시 말해 좌우가 비대칭이어서 불균형적이어야 할 것 같은데 이상하리만치 자연스럽고 조화롭다. 비대칭이 오히려 이 마당을 살리고 있다는 느낌을 지울 수가 없다. 비움과 채움의 미학이 이렇게 아름답게 구현된 예를 나는 별로 보지 못했다.

천왕문 앞에 서서 마당만 바라보았다. 한동안 그렇게 있자니, 사실은 마당은 가만히 있는데, 나에겐 무언가를 묻는 것처럼 느껴졌다. 그러다가 어느 순간, 이번에는 내가 질문을 던지고 있었다. 무얼 채우고 무얼 비워야 하는 것인가? 어디까지 버리고 어디까지 채워야 저 마당처럼 아름답게 존재할 수 있을까? 아니 그 전에, 비움은 무엇이고, 채움은 또 무엇인가? 미처 답을 얻지 못했는데 질문만 자꾸 쌓이고 있다.

수평성과 수직성의 조화에서 오는 묘한 아름다움은 비움과 채움에 견줄만한 또 하나의 매력이다. 마당이 수평성의 상징이라면, 그 위에 뿌리를 박고 있는 석등과 석탑과 극락전은 수직의 미학을 조화롭게 보여준다. 천왕문 앞 중앙 보도에 서서 일직선으로 바라보면 이 매력을 제대로 체험할 수 있다. 수평한 마당은 뒤로 가면서 점층적으로 강해지는 수직을 만난다. 석등, 석탑, 극락전. 수직성은 극락전에 이르러 절정을 이룬다. 마당이 워낙 넓어서 그럴까? 극락전은 마당이 끝나는 곳에서 2층까지 불쑥 솟아오르지만 의외로 안정감이 느껴진다. 애초부터 거기에 있었던 것처럼 자연스럽다. 극락전이 없었더라면 마당이 얼마나 휑하고 허전해 보였을까? 극락전뿐이랴. 석등은 어떻고, 석탑은 또 얼마나 우아하고 의젓해 보이는가. 시선을 위로 옮기며 다시 한 번 석등과 석탑과 극락전을 차례로 바라보았다. 재료도 다르고 게다가 시차를 두고 태어났는데도 애당초 같은 시기에 세트로 지은 것 같다. 생명이 없는 것들인데도 자꾸 보고 있자니 인품이 느껴진다. 문득, 무량사 마당은 이 건축물에 이르러 비로소 완성되고 있다는 생각이 들었다.

무량사의 매력은 여기에서 끝나지 않는다. 마당은 낮은 계단 같은 턱을 사이에 두고 상하로 나누어져 있다. 그러나 턱이 높지 않아 마당이 둘로 보이지 않는다. 이 공간을 설계한 건축가도 애당초 마당을 둘로 나눌 생각은 아니었을 터이다. 터가 너무 넓어서 자칫 밋밋해 보일 수 있겠기에 마당에 변화를 준 것이다. 이 작은 변화가 마당에 생기와 입체미를 은근히 불어넣고 있다. 마지막으로, 범종각도 눈여겨보아야 한다. 대개의 절이 눈에 잘 띄는 곳에 크고 화려하게 지어놓는 것에 비해 무량사는 범종각을 전나무와 전나무 사이에 조촐하게 숨겨 놓았다. 마당의 레이아웃과 분위기를 깨뜨리지 않으려는 배려가 고맙고, 공간 미학을 소중히 생각하는 심미안이 반갑다. 이런 세심한 디자인이 더해져 무량사는 미학적인 마당을 얻을 수 있었다. 가을이 오면 무량사로 가라. 뺄 것도 더할 것도 없는, 특별히 기교를 부리지 않았으나 그래서 오히려 표정이 살아 있는 마당이 있다. 천왕문 앞에 서서 석등과 석탑, 그리고 소나무와 느티나무에 반쯤 가려진, 긴 세월 잘 발효된 극락전을 바라보라. 또 매점 앞이나 느티나무 아래에 앉아 가을이 내리는 마당을 오래 감상해 보라. 그렇게 한동안 마당을 응시하고 있으면 이윽고 아름다운 시집을 읽은 것처럼 영혼이 촉촉해진다.

길 위의 인생. 이제 김시습을 이야기 해야겠다. 그를 떠올리자니 마음이 아득해진다. 사실은, 처음부터 그를 추억하고 싶었다. 무량사는 아름답지만 슬픈 절이다. 매월당. 평생을 두고 세상과 불화했던 그의 영혼이 이곳에 누워있기 때문이다. 김시습은 조선 전기의 천재였다. 1435년(세종 17년) 서울의 성균관 근방, 지금으로 치면 명륜동이나 혜화동 어디에서 태어났다. 그의 이름 '시습'은 때때로 익힌다는 뜻으로《논어》의 '학이시습지 불역열호' 學而時習之 不亦悅乎에서 따왔다. 그는 생후 8개월 만에 이미 글을 읽었고, 세살 때에는 시를 지었다고 한다. 믿기지 않겠지만 사실이라고 한다. 유모가 보리방아를 찧는 광경을 보고 세살 때 지은 시가 지금도 전해오고 있다.

시습이 다섯 살 무렵, 하루는 그의 소식을 듣고 정승 허조가 실력을 시험해 볼 요량으로 집으로 찾아왔다. 허조가 말했다. "내 나이 이미 지극하니 '늙을 노'자를 넣어 시를 지어보라." 김시습이 시를 지어 정승에게 내놓았다. "늙은 나무에 꽃이 피었으니/마음은 아직 늙지 않았도다."

엄마 가슴에 안겨 투정을 부려야 할 나이에 그는 이미 인생을 알고 있었다. 시습의 천재성이 장안의 화제였으므로, 하루는 세종대왕이 승지를 시켜 시습의 재주를 알아보도록 했다. 세종은 시습의 똑똑함을 전해 듣고는 다시 승지를 시켜 이렇게 말했다. "아무쪼록 재주를 감추고 공부에 힘써라. 너의 학업이 성취되기를 기다렸다가 장차 크게 쓰리라."

불행은 한꺼번에 밀려온다고 했던가. 그에게 유년은 꽃피는 봄이었으나, 그 봄날이 오래가지는 못했다. 시습은 열다섯에(열세 살 때의 일이라는 이야기도 있다.)어머니를 잃었다. 설상가상으로 3년이 채 못 되어 그를 뒷바라지 해주던 외숙모마저 세상을 떠났다. 게다가 아버지는 중병을 앓고 있었다. 그는 너무 일찍 슬픔과 외로움을 알아 버렸다.

20대에도 어두운 그림자는 여전히 그의 곁에 머물러 있었다. 스무 살이 되자 시습은 경세제민의 꿈을 품고 북한산 중흥사로 들어갔다. 그러나 채 1년이 못 되어 그의 운명을 결정하는 사건이, 엉뚱하게도, 구중궁궐에서 일어났다. 수양대군이 조카를 죽이고 왕위를 찬탈하는 반란을 일으킨 것이다. 계유정난이다. 그는 공자 사상을 정치의 근본으로 삼았으되 인륜을 헌신짝처럼 버리는 조선 사회를 보며 통곡했다. 쇠못도 소화시킬 만큼 창창한 청춘이었으나 인륜이 무너지고 정의가 땅에 떨어지는 현실 앞에서 그는 절망

무량사, 31cm x 45cm, 흙벽화 기법에 천연 안료, 2010

하고 있었다. 시습은 문을 걸어 잠그고 3일 동안 방안에 처박혀 있었다. 그리고는 모든 책을 불태우고 승복을 걸친 채 한양을 등졌다.

"천하에 도가 있으면 출사하고 도가 없으면 숨으라."

시습은 공자의 가르침을 몸소 실천한, 당시로서는 보기 드문 행동하는 지식인이었다. 이때부터 길 위의 삶이 시작되었다. 그는 개성으로 떠나 고려의 흔적을 더듬고, 압록강에서 만주를 품었다. 다시 남쪽으로 내려와 임진강을 둘러보고는 한양에는 눈길도 주지 않은 채 금강산으로 들어갔다. 다시 남행하여 금산사에서 미륵불교를 공부했고, 남해로 달려가 푸른 바다에 안겼다. 남원을 지나며 지리산을 눈에 담고, 해인사에서 신라 말의 천재 최치원의 절망을 추억했다. 그의 발걸음은 경주 금오산에 이르러 멈추었다. 10년 동안 이어진 긴 방랑이었다.

김시습의 경주 정착으로 우리는 한국문학사에 빛나는 귀중한 소설을 얻었다. 그는 31세부터 금오산에 초막을 짓고 최초의 한문소설 《금오신화》를 쓰기 시작했다. '금오'는 지금의 경주 남산이고, '신화'는 새로운 이야기란 뜻이다. 《금오신화》에는 신비로운 이야기 다섯 편이 실려 있다. 구성이 역동적이고, 문체가 정치하여 지금 읽어도 무척 재미있다. 특히 주인공들이 시를 통해 내면 풍경을 드러내는 모습은 연극이나 뮤지컬의 한 장면을 보는 듯 입체적이다. 재미있는 사실은, 김인후는 《금오신화》를 긍정했으나 퇴계 이황은 내용이 요상하고 허무맹랑하다며 혹평을 했다는 점이다. 그의 소설은 일본에 전해질 정도로 내로라하는 베스트셀러였으나 나중에는 다 없어져 제목만 겨우 전해 지고 있었다. 다행히 1927년 최남선이 일본판을 소개

무량사 입구에 있는 매월당 김시습의 부도.
김시습의 무욕의 삶에 비해 너무 크고 화려하다.

하면서 세상에 다시 알려졌다.

김시습은 30대 후반 서울로 올라왔다. 그러나 폐허 같은 정치에서는 여전히 비켜서 있었다. 한때 환속하여 가정을 꾸리기도 하였으나, 성종의 후궁이자 연산군의 어머니인 폐비 윤씨를 죽이는 사건이 일어나자 다시 서울을 버리고 방랑길에 나섰다. 그는 춘천 청평사, 설악산, 강릉으로 옮겨 다니며 10여년을 보냈다. 그는 그렇게 시 짓고, 술 마시며 세상을 외면하다가 1493년 부여 무량사에 머물다 해지듯 저물었다. 그의 나이 쉰아홉이었다.

김시습은 사후에야 그가 버린 권력으로부터 인정을 받았다. 선조는 김시습의 고결한 인품과 굳센 지조를 기리기 위해 이율곡에게 전기를 짓게 했으며, 그의 생전 글을 모아 《매월당집》을 발간하였다. 정조는 존경심을 표현하기 위해 청산공이란 시호를 내리고 이조판서로 추증했으며, 강원도 영월의 육신사에 그의 신주를 모셨다.

김시습은 평생을 두고 시대와 불화했던 아웃사이더였다. 그의 시대는 박정희와 전두환 시대만큼이나 황량하고 야만적이었다. 다행히 우리는 그 폐허 속에서 김시습이라는 아름다운 영혼을 얻었다. 영혼보다 더 금쪽같은 시와 소설을 물려받았으나, 그래도 그를 생각하면, 여전히 슬프다.

무량사에 가면 잊지 말고 김시습을 만나보라. 영정각에 가면 매월당이 직접 그렸다는 자화상이 있다. 짐짓 입을 다문 그의 표정이 겨울나무처럼 쓸쓸하다. 이번에는 그가 몸을 누인 부도밭으로 가자. 절을 빠져나와 100미터쯤 걸으면 오른쪽으로 다리가 나오는데 그 다리를 건너 조금만 오르면 느티나무와 소나무의 호위를 받고 있는 부도밭이다. 김시습의 부도는 장정의 키만큼 크고, 모양도 제법 화려하다. 하지만 나는 김시습의 부도가 마음에 들지 않는다. 생전의 소박한 삶과 어울리지 않는 까닭이다. 아담한 부도에 매월당이란 그의 호처럼 '달빛이 비추는 매화나무 한 그루'면 족하다는 생각을 버릴 수가 없다. 나는 그의 부도에서 남은 사람들의 생각을 읽는다. 매월당에게 진 마음의 빚을 이렇게라도 갚고 싶었을 것이다. 저 크고 화려한 부도는 그러므로, 살아남은 자들이 바치는 자기 위안적인 헌사이리라.

무량사를 떠나기 전, 다시 한 번 묻는다. 김시습은 왜 넘치는 재주를 다 버렸을까? 그가 추구한 가치엔 욕망이 끼어들 틈이 없었던 것일까? 그는 비움과 채움의 균형, 이 아름다운 중용을 왜 거부했을까? 김시습의 완벽한 비움이 자꾸 발길을 잡는다.

꾸밀수록 진정성은 죽는다
마곡사

마곡사_충남 공주시 사곡면에 있다. 금북정맥(학교에서는 금북정맥을 차령산맥이라고 배운다.)이 지나가는 공주 근처 무성산 아래에 있다. 산이 겹겹이 둘러싸고 있어서 예로부터 길지로 꼽혔다. 조선 후기의 인문지리학자 이중환은 《택리지》에서 마곡사를 공주의 유구, 무주의 무풍, 보은의 속리산, 부안의 변산 등과 더불어 십승지十勝地 가운데 하나로 꼽았다. 마곡사는 백제 의자왕 때 신라 승려 자장이 처음 지었다는 설과 신라 말인 9세기에 창건했다는 주장이 있으나 여러 정황으로 보아 후자일 가능성이 높다. 김구 선생이 청년 시절 인천 감옥을 탈옥한 뒤 이곳에서 승려가 되어 몸을 피한 적이 있다. 절 마당에는 백범이 해방 뒤에 마곡사를 방문하여 심은 기품이 넘치는 향나무가 서 있다. 절로 가는 숲길과 계곡, 그리고 영산전과 영산전의 마당이 아름답다.

마곡사에 눈이 내리고 있었다. 폭설이었다. 유승도 시인의 어법으로 표현하면, 산을 지우며 눈이 내리고 있었다. 날아가는 까치도, 까치가 앉았던 살구나무도 지우며 눈이 내리고 있었다. 심지어는 방금 내린 눈까지 지우며 눈이 내리고 있었다. 때늦은 폭설, 아름다운 백색의 계엄령을 뚫고 마곡사로 향하며, 나는 할머니를 생각했다.

"더 늙기 전에 마곡사에 다녀와야 할 텐데……."

소년 시절, 할머니는 곧잘 이렇게 말했다. 그러면서 허전한 표정으로 높이 솟은 오서산과 동쪽 하늘을 바라보곤 하였다. 나는 마곡사가 정확히 어디에 있는지 몰랐다. 중학생이 되어서야 오서산 너머에 청양이 있고, 청양 너머 공주 땅에 마곡사가 있다는 걸 알았다.

할머니는 교회에 다니셨다. 그런데도 절에 가고자 했다. 그게 좀 의아했다.

"이제 교회 안 갈 거야?"

"아니."

"그런데 왜 절에 가려고 그래?"

"그냥. 다리 성할 때 한 번 가보려고……."

할머니는 말끝을 흐렸다. 유람 삼아 구경을 가겠다는 건 아닌 것 같았다. 그랬다면 굳이 마곡사일 필요는 없었을 터였다. 충청도에서 이름난 절이라면 갑사도 있고 수덕사도 있는데 할머니는 왜 하필 마곡사를 고집했을까? 그때는 가벼이 넘겼는데 어른이 되고 나니 그 이유가 궁금했다. 혹시 그곳엔 내가 모르는 어떤 사연이 숨어 있는 게 아닐까? 풀리지 않는 수수께끼를 가슴에 안고, 나는 마곡사로 가고 있었다.

마곡사는 또 한 사람을 떠올리게 한다. 1898년 가을, 40대 초반의 선비와 20대 초반의 청년이 이 길을 걷고 있었다. 선비는 충청도 공주에 사는 유산객遊山客이었고, 청년은 김구였다. 김구는 쫓기는 몸이었다. 2년 전, 일본군 중위 쓰치다를 죽인 죄로 인천형무소에 갇혀 있다가 이른 봄 감옥을 탈출을 하여 정처 없이 전국을 떠돌아 다니고 있었다. 둘은 갑사에서 처음 만났다. 선비는 중이 될 생각으로 마곡사로 가는 길에 갑사를 찾았고, 김구는 반 년 동안 삼남지방을 유랑한 뒤 공주를 거쳐 갑사에 도착했다. 백범은 그때의 상황을 이렇게 적고 있다.

"절에서 점심을 사 먹고 앉아 있었더니, 동학사로부터 와서 점심을 먹는 유산객 한 사람이 있었다. 인사를 하니 공주 사는 이 서방이라 했다. 나이가 마흔이 넘은 선비로, 유산시遊山詩를 들려주는데 시로나 말로나 퍽 비관을 품고 있는 듯했다. 초면이라도 이야기가 잘 통했다."

이 서방은 이미 스님이 되기로 마음을 먹었으나 혼자 가기 쓸쓸했던지 마곡사로 동행하자며 은근히 백범의 속내를 떠본다. 딱히 행선지를 정한 것도 아니었으므로 백범은 이 서방과 함께 마곡사로 향했다. 둘은 40리를 걸어서 마곡사 초입에 당도했다. 백범은 그때의 마곡사 풍경을 다음과 같이 적고 있다.

"가을바람에 나그네의 마음은 슬프기만 한데, 저녁 안개가 산 밑에 있는 마곡사를 마치 자물쇠로 채운 듯이 둘러싸고 있는 풍경을 보니, 나같이 온갖 풍진 속에서 오락가락하는 자의 더러운 발은 싫다고 거절하는 듯하였다. 그

마곡사, 46cm×66cm, 흙벽화 기법에 천연 안료, 2004

러나 또 한편으로는, 저녁 종소리가 안개를 헤치고 나와 내 귀에 와서 모든 번뇌를 해탈하라고 권고를 들려주는 듯하였다."

10대 후반에 이미 동학 접주를 했고, 20대에 일본군 장교를 맨몸으로 때려 죽인 백범이었다. 그러나 끝을 알 수 없는 유랑은 그를 무척이나 지치게 했던 모양이다. 이 무렵 백범은 이미 자신이 조금씩 세상에서 멀어지고 있음을 알고 있었다. 그는 결국 마곡사에서 세상을 등졌다. 하룻밤 사이 만 가지

번뇌를 거듭한 끝에 그는 전날의 저녁 종소리가 권해주는 대로 삭발을 하였다. 속명을 버리고 받은 법명은 원종이었다.

마곡사에 대해 글을 쓰거나 책을 낸 분들이 이미 밝혀 놓았듯이 마곡사는 분절과 통합의 절이다. 사찰의 당우는 마당을 가운데 두고 사방으로 옹기종기 모여 있는 게 보통이다. 마곡사는 그러나 이런 구조와 많이 다르다. 마곡사 절집은 한 곳에 몰려 있는 게 아니라 두 개의 구역에 나누어져 있다. 이와 같은 구조를 갖게 된 건 순전히 물 때문이다. 무성산(태화산이라고도 한다.) 계곡에서 내려온 물은 마곡사를 절묘하게 둘로 나누어 놓고 있다. 비유하면 계곡은 한강이다. 한강의 남쪽도 서울이고, 북쪽도 서울이듯이 무성산 계곡의 남쪽도 마곡사(물길의 남쪽에 있으므로 흔히 남원이라 부른다.)이고, 북쪽도 마곡사(북원이라 부른다.)이다.

더욱 절묘한 것은 그 다음이다. 물길은 단순히 절을 둘로 분절하는데 그치지 않고 마곡사를 인간 세계와 부처의 세계로 나누어 놓고 있다. 남원이 인간의 세계라면 북원은 부처의 영역이다. 남원엔 요사채와 선방 같은 주로 인간의 집이 있고, 북원엔 부처가 머무는 대광보전과 대웅보전이 있다. 인간 세상과 부처 세상은 다리를 통해 이어진다. 물길 때문에 분단된 마곡사는 다리 덕에 통합의 절이 되었다.

마곡사는 남원을 지나 북원으로 진입하게 된다. 따라서 북원으로 가려면 누구나 다리를 건너야 한다. 김구도 이 동선을 따라 북원으로 들어갔다. 예전엔 관심을 두지 않고 무심히 다리를 건넜는데 이번엔 한자 이름이 유난히 눈에 띄었다. 극락교! 무릎을 쳤다. 할머니가 마곡사를 노래한 이유를 이제야 알 것 같았다. 할머니는 살아생전 저 극락교를 꼭 건너고 싶었을 것이다. 이름부터가 영생의 세계로 안내해주는 '극락교'가 아니던가. 이마의 주름이 깊어갈수록 할머니는 주어진 삶이 많지 않음을 온몸으로 느꼈을 터였다. 할머니는 죽음을 초월할만한 깨달음도, 내면의 고독과 불안을 표현할만한 언어도 갖지 못했다. 그랬더라면 가부좌를 틀고 십리 밖 바람소리를 즐기거나, 늙고 병듦을 슬퍼하는 시를 지었을 테지만 불행하게도 할머니는 지극히 평범한 촌노였다. 할머니는 인간의 시간을 연장하고픈 부질없는 미련을 질기게 붙잡고 있었을 터였다. 파도처럼 밀려오는 죽음에 대한 두려움을 극락교를 건너서라도 물리치고 싶었을 터였다. 극락교를 앞에 두고, 할머니에게 필요한 것은 초월과 회한의 시가 아니라 위안이었고 자기 연민이었음을, 아프게 깨닫는다. 아아! 할머니는 마곡사를 다녀갔을까? 생전에 저 극락교를 건넜을까?

마곡사는 1400년 전인 백제 의자왕 때, 혹은 무왕 때 신라 승려 자장이 창건했다고 한다. 그러나 이 말이 사실인지는 정확히 알 수 없다. 우선 믿을 만한 기록이 없다. 그 시절로 거슬러 올라가는 유물도 나오지 않았다. 대광보전을 비롯한 절집은 대개 조선 후기에 지어진 것이고, 이 절에서 가장 오래되었다는 5층 석탑도 고려 말의 것이다. 두 나라가 한창 갈등하던 시기에 신라 승려가 백제의 수도 지척에 절을 지었다는 것도 이치에 맞지 않는다. 게다가 그때 자장은 신라 불교를 일으키고 정치를 하느라 눈코 뜰 새 없이 바빴다. 마곡사가 백제 때 지어진 것은 사실일 수 있다. 그러나 여러 정황으로 보아 자장 창건설은 어불성설이다. 아마도 자장에 기대어 마곡사의 권위를 세울 작정으로 그렇게 퍼뜨린 게 아닐까 싶다.

자장에 대해 조금 더 짚고 넘어갈 게 있다. 그는 590년 소판 김무림의 아들로 태어났다. 소판은 신라의 17등급 가운데 세 번째 등급으로 진골만이 오를 수 있는 아주 높은 자리였다. 그의 아버지는 화백회의에 참여했던 귀족 중의 귀족이었다. 선덕여왕 때인 638년 왕이 재상 자리를 내리려고 하자 자장은 이를 물리치고 뒤늦게 중국으로 유학을 떠났다. 처음에는 산서성에 있는 오대산에서 수도를 하다가 장안으로 들어가 당태종의 환대를 받았다. 나중에는 종남산 운제사에서 수도를 했고, 유학 6년째가 되던 643년 선덕여왕의 요청으로 신라로 돌아왔다.

그 무렵 신라 왕실은 큰 위기를 맞고 있었다. 안으로는 성골 출신이 왕이 되었으나 여자라는 이유 때문에 정통성 시비가 끊이지 않았고, 밖으로는 백제와 고구려의 침입에 시달리고 있었다. 여왕은 자신 앞에 닥친 위기를 불교의 힘으로 물리치려고 했다. 그때 꼭 필요한 사람이 자장이었다. 그는 자장이 귀국하자마자 대국통大國統이라는 직책을 내렸다. 세월이 자장을 변화시킨 것일까? 한때는 재상 자리를 내칠 만큼 순수했던 그였으나 이번에는 권력이 내민 손을 덥석 잡고 말았다. 대국통 자리에 오른 자장은 신라가 곧 부처의 땅이라는 불국토 사상을 주장하였다. 불교는 자장을 만나면서 종교를 넘어 지배 이데올로기로 확고히 자리를 잡았다. 호국 불교의 얼개가 이 무렵 갖추어졌다. 선덕여왕과 의기투합하여 분황사를 창건하고, 황룡사구층목탑을 세운 것도 이 무렵이다.

불교로 국내 정치를 다스린 자장은 이번에는 백제와 고구려의 압력으로부터 벗어나기 위해 당나라에 손을 벌렸다. 그는 심지어 신라 관복을 몽땅 당나라 관복으로 바꾸고 연호도 당나라 연호를 사용하도록 하였다. 지명도 신라 것을 버리고 당나라 표기로 바꾸었다. 권불십년이라고 했던가? 온 나라를 호령하던 그였으나 끝내는 신흥세력으로 등장한 김춘추와 김유신에게 숙청을 당하고 만다. 자장은 경주를 떠나 강릉과 태백산, 오대산을 떠돌다 658년에 입적하였다.

불교사에서 보면 그는 한국 불교의 바탕을 세운 큰 산맥이다. 그러나 또 한편으로는 사대주의가 골수에 박힌 지식인으로 폄하되기도 한다. 불가에서는 자장의 공적을 칭송하지만, 한때 승려였던 시인 고은은 후자의 편에서서 자장을 비판한다. 그는 《만인보》에서 자장을 이렇게 평가하고 있다.

신라 복식을 당 복식으로 바꿨다 / 신라 지명을 당 지명으로 바꿨다 / 그리하여 / 당 오대산은 / 신라 오대산이 되었다 / 당 강릉은 / 신라 강릉이 되었다 / 신라 것이 당 것으로 다 바뀌어버렸다
_고은 〈자장〉의 일부

극락교(지금은 멋지고 화려하게 치장을 하였으나 예전에는 소박한 나무다리였다. 백범은 긴 나무다리 아래로 시냇물이 큰소리를 지르며 흐르고 있었다고 당시의 상황을 설명하고 있다.)를 건너면 이윽고 북원이다. 마당을

마곡사 북원 전경. 대웅보전의 수직성과 대광보전의 수평성이 공존하고 있다. 5층석탑 상륜부의 풍마동은 이 절이 한때 원나라 라마 불교의 영향을 받았음을 보여주는 흔적이다.

중심으로 정면엔 대광보전과 대웅보전이 있고, 왼쪽엔 응진전과 조사전이, 오른쪽에는 김구가 처음 마곡사에 도착해 묵은 심검당과 그 밖의 부속 건물들이 겹겹이 자리를 잡고 있다. 그리고 마당 가운데에는 늘씬하게 생긴, 그러나 구조와 양식이 낯선 5층 석탑이 서 있다. 풍마동風磨銅이라는 청동 모자를 쓴 이 탑은 원나라의 지배를 받던 고려 말에 세운 라마 불교 양식의 탑이다. 충렬왕 · 충선왕 · 충숙왕 · 충혜왕……. 임금 칭호에 원나라에 충성한다는 의미를 담고 나서야 겨우 사직을 보전할 수 있었으니, 절간의 탑도 원의 위세를 피해갈 방도는 없었던 모양이다.

북원의 중심 건물은 대광보전(보물 802호)이나 인상적인 당우는 그 뒤에 불쑥 솟아 오른 대웅보전(보물 801호)이다. 2층으로 된 법당은 대웅보전 말고는 부여 무량사의 극락전과 구례 화엄사의 각황전만 있을 따름이다. 2층집 세 개 모두가 옛 백제 땅에 몰려 있는데, 혹시 이런 건축 양식이 백제에서 내려온 것이 아닌지 모르겠다.

대광보전(보물 802호)은 지혜를 상징하는 비로자나불을 모시고 있다. 주불전은 보통 부처의 권위를 높이기 위해 수직성을 강조하는데 이 절집은 반대로 수평성을 드러내었다. 높이보다는 길이에 초점을 맞춘 것으로 보아 뒤편의 대웅보전이 먼저 만들어진 게 아닌가 싶다. 아마도 건축가는 대웅보전은 수직성을 강조하고 이 건물은 수평성을 드러내어, 그러니까 다름과 차별화를 추구하여 두 건물을 모두 살리는 방법을 찾아냈을 것이다. 설령 두 건물의 건축 시기가 겹쳤더라도 대웅보전의 수직성과 대광보전의 수평성은 변하지 않았을 것이다. 둘은 달라서 서로를 빛내주는 상생의 건축이다.

마곡사를 찾는 사람은 대부분 해탈문과 천왕문, 극락교를 거쳐 대광보전과 대웅보전, 그리고 5층 석탑과 김구 선생이 심은 향나무를 둘러보고는 절을 빠져나간다. 보기 드문 2층 절집과 풍마동을 쓴 석탑도 구경하고, 향나무 앞에서 김구 선생을 마음에 담은 사람들은 제법 만족한 표정으로 왔던 길을 되돌아 절을 내려간다. 그러나 방문객의 동선이 실제로 이와 같았다면 사실은

마곡사의 매력을 반만 보고 발길을 돌린 것이다.

왜 그럴까? 이 절의 구조를 다시 한 번 떠올려보자. 마곡사는 극락교를 가운데 두고 북원과 남원으로 나누어져 있다. 그런데도 사람들은 북원만 관람하고는 남원에 관심을 두지 않는다. 마곡사의 구조가 그렇게 생겼기 때문이다. 일주문을 지나 한참 걸으면 해탈문이 나온다. 해탈문은 방문객을 천왕문으로 안내하고 천왕문을 지나면 저 앞에서 극락교가 기다리고 있다. 다리를 건너면 이윽고 북원이다. 해탈문과 극락교 사이의 왼편이 남원이지만 절집의 배치가 동선에서 비켜 있기 때문에, 다시 말해 관람객을 강하게 북원으로 이끄는 동선 구조인 까닭에 마곡사 남원의 매력을 미처 발견하지 못하고 스치듯 지나치게 되는 것이다.

남원의 꽃은 영산전(보물 800호)이다. 영산전은 마곡사에서는 가장 오래된 건물이다. 1650년경에 지어졌으니까 360살을 넘겼다. 북원의 불전이 남쪽을 향하고 있는 반면 영산전은 그들의 시선을 애써 피하며 동쪽을 바라보고 있다. 영산전은 아주 작은 절집이다. 덩치로 치면 대광보전과 대웅보전에 비할 바가 아니다. 그런데도 나는 이 절집이 좋다. 맞배지붕 건물 특유의 단순함이 마음을 움직이고, 허리가 휜 목재를 그대로 사용한 파격과 천연덕스러움이 정겹고 유쾌하다. 절집 안팎에 스며든 세월의 향기가 자꾸 감정의 촉수를 건드리고, 무엇보다 세상의 시선이 귀찮은 듯 몸을 숨기고 있는 겸손함이 마음에 든다.

영산전의 매력을 하나 더 꼽으라면 그건 마당이다. 영산전 중정은 텅 비어 있다. 화단을 빼고는 변변한 나무 한 그루 심지 않았다. 바닥도 다듬지 않아서 질박하다. 그럴듯한 돌 장식도 보이지 않는다. 그저 텅 빈 흙마당이다. 그런데도 아름답다. 볼 것이 없는데 눈이 즐겁고, 즐길 것이 없는데 저절로 미소가 떠오른다.

영산전 중정은 꾸미지 않는 것도 꾸미는 것임을 조용히 일러주는 듯하다. 꾸미지 않은 아름다움이 어디 마당뿐이겠는가? 한옥은 어떻고, 조선의 백자는

영산전과 영산전 마당. 마곡사 남원의 중심 영역으로
마당 가득 부드럽고 고즈넉한 침묵이 흐른다.

어떤가? 담백한 전통 소반이나 목가구는 또 어떤가? 사람도 이와 같다. 내면이든 외모든 담백한 사람에게 믿음이 가는 게 인지상정이다. 화려함은 일종의 감추기이거나 드러내기이다. 자신의 약점을 감추기 위해, 그리고 내면의 욕망을 드러내기 위해 화려한 수사를 동원하고 거울 앞에서 오랫동안 치장을 한다. 담백함과 화려함의 차이는 결국 수신과 교양, 지성의 차이에서 오는 것이 아닐까? 나는 지금, 교양의 마당을 내려다보고 있다.

영산전 마당은 비어 있으되 사실은 무엇인가로 가득 차 있다. 침묵이다. 침묵이라고 다 같은 침묵이 아님을 마곡사에서 뒤늦게 깨닫는다. 봉정사 마당의 침묵은 조금 무겁다. 금산사 마당의 침묵은 허허롭고, 송광사 마당의 침묵은 무미건조하다. 이에 비해 영산전 중정의 침묵은 편안하다. 부드럽고 따뜻하다.

눈이 그쳤다. 산사는 눈속에 파묻혀 있다. 겨울의 태양은 뭐가 그리 급한지 누가 재촉하지 않는데도 벌써 서산을 넘고 있다. 나는 엷은 노을이 하늘 가득 퍼질 때까지 영산전 계단에 앉아 있었다. 계단에 앉아 빈 마당을 물끄러미 내려다보았다. 어느 순간, 마음이 가벼워지는 것을 느꼈다. 그리고는 곧 무심해지는 것이었다. 나는 그렇게 영산전 중정에 흐르는 무념의 기운에 조금씩 전념되고 있었다.

아, 똘레랑스 그리고 和而不同
화엄사

화엄사_전남 구례군 마산면 지리산 자락에 있다. 신라 진흥왕 5년(544년)에 창건되었다고 하는데 이를 곧이곧대로 믿기는 어렵다. 구례는 당시 백제 땅이었기 때문이다. 설령 554년 창건한 게 맞다면 정황상 절을 세운 건 백제라고 보는 게 합리적이다. 《삼국유사》따르면 화엄사는 화엄십찰의 하나다. 화엄사는 금당이 두 개인 독특한 절이다. 전통적인 건축 문법에서 벗어난 것처럼 보이지만 그 안에는 우리가 추구해야 할 상생의 정신이 흐른다. 건축도 아름답고 정신적인 가치도 무척 높은 절이다. 우리나라에서 가장 웅장한 2층 법당인 각황전, 그 앞에 있는 위풍당당한 석등, 각황전 뒷동산에 있는 사사자 석탑 등 국보도 많이 품고 있다. 겨울을 이기고 꽃을 피워내는 원통전 앞의 홍매화가 유명한데, 그 빛이 유난히 검붉어서 흑매라고도 부른다. 매화가 지면 선홍빛 동백이 화엄사를 붉게 물들이는데 그 모습이 처연하게 아름답다.

10월 초, 설악산엔 이미 단풍이 시작되었다는데 지리산은 아직 여름의 푸른 치맛자락 같다. 간혹 성질 급한 몇몇이 화장을 시도하고 있으나 꽃잎 같은 나뭇잎 몇 장을 보고 남악(신라 때에는 지리산을 이렇게 불렀다.)에 단풍이 들었다고 말하기는 곤란하다. 지리산과 화엄사가 여름과 가을 사이에서 서성거리는 동안, 나는 각황전과 대웅전 사이에서 방황하고 있었다. 화엄사는 참 난감한 절이다. 친근하게 다가가기 쉽지 않고, 감정을 실어 설명하려 해도 이 또한 마음대로 되지 않는다. 절의 규모가 크고 전각이나 돌 문화재도 만만치 않은 내공을 품고 있어서 가볍게 접근하기가 쉽지 않다. 뭐랄까? 아주 잘 생기고 거기에 카리스마까지 갖춘 중년의 남자를 대하는 기분이 든다. 게다가 절의 구조까지 범상치 않다. 화엄사는 우리가 알고 있는 사찰 구성 원리에서 벗어나 있다. 탑과 전각의 배치 방식이 일반적인 절집 구조에 맞지 않는 것이다. 화엄사의 궤도 이탈은 파격인가 아니면 무질서인가. 이래저래 화엄사는 나를 긴장하게 만든다.

순전히 개인적인 생각이겠지만 화엄사를 찾을 때면 자연스럽게 배수아의 소설이 떠오른다. 보제루 마루에 앉아 눈앞에 펼쳐진 사찰 풍경, 이를테면 각황전(국보 67호)과 대웅전(보물 299호)을 번갈아 바라보고 있노라면 오래 전에 읽은 배수아의 소설이 자꾸 생각난다. 보제루 마당에 서 있는 두 개의 석탑을 보고 있을 때도 문득문득 그녀의 소설이 떠오른다. 내가 특별히 배수아와 인연이 있는 것은 아니다. 굳이 인연이라면 십 몇 년 전에 그녀의 사인이 담긴 시집 한 권을 우편으로 받은 게 전부이다. 이미 오래 전의 일이라서 확신할 수는 없지만 기억이 정확하다면 나는 그녀를 만난 적이 없다. 그녀가 소설뿐만 아니라 시도 쓴다는 사실도 그때 처음 알았다. 그러니까 내가 그녀를 만난 건 모두 작품을 통해서였다.

배수아의 소설은, 낯설었다. 〈푸른 사과가 있는 국도〉. 인상파 화가의 작품 이름 같은 소설 제목부터 생경했다. 문체와 서술 방법도 독특했다. 서로 충돌하는 단어들, 갈피가 쉽게 잡히지 않은 스토리, 감정을 잘 드러내지 않는 주인공들. 그녀의 작품은 그동안 한국 문단이 낳은 작품과는 거리가 있었다. 내가 보기에 배수아의 소설은 계보를 찾기 쉽지 않았다. 나는 이 작가가 혹시 외국에서 살다온 게 아닌가 생각했다. 그런데, 아니었다. 그녀는 서울 여자였다.

지리산 화엄사. 그곳엔 또 하나의 〈푸른 사과가 있는 국도〉가 기다리고 있었다. 나는 각황전과 대웅전을 번갈아 응시하며 혼자 중얼거렸다.

"어떤 게 중심 법당이지? 각황전인가? 아니면 대웅전?"

요조모조 살펴봐도 주요 불전이 두 개처럼 보인다. 각황전도 금당 같고 대웅전도 중심 법당 같다. 이야기를 확장하여 왕정시대에 비유하면 임금이 둘인 셈이고, 요즘으로 풀면 최고 권력자가 둘인 것이다. 속세에서는 물론이거니와 종교의 세계에서도 흔하지 않은, 아주 예외적인 경우다.

인간은 편리함을 좇아 세상 곳곳에 격식이라는 걸 만들어 놓았다. 불교 건축도 마찬가지여서 법당과 탑을 중심으로 일정한 구조와 형식을 정해 놓고 가능하면 그 건축 문법에 충실하게 절을 지었다. 주요 법당 앞에 하나의 탑

화엄사, 31cm×46cm, 흙벽화 기법에 천연 안료, 2012

을 세우는 1탑1금당과 두 개의 탑을 세우는 2탑1금당 형식이 우리나라에서 가장 보편적으로 볼 수 있는 사찰 구조이다. 전자는 나라 안의 웬만한 절에서 흔히 볼 수 있다. 2탑1금당 형식은 불국사와 감은사지 같은 절에서, 그리고 흔치 않지만 3탑3금당 구조는 익산 미륵사지에서 발견할 수 있다. 그런데 화엄사는 이도저도 아니다.

난감하다. 대웅전을 중심에 두고 보면 그 아래로 두 개의 탑이 서 있으므로 2탑1금당 구조 같지만 각황전이 떡하니 버티고 있어서, 대웅전과 두 개의 탑이 하나의 영역이라고 딱 잘라 말할 수 없다. 각황전을 중심 법당으로 보려 해도 무리가 따른다. 불국사나 감은사처럼 양 옆으로 있어야 할 석탑이 앞뒤로 서 있다. 이 자유방임적인, 아니 무형식의 구조를 어떻게 받아들여야 할까? 혹시 내가 모르는 제4의 형식인가?

위에서 밝힌 대로 이 절엔 두 개의 중심 불전이 있다. 각황전도 금당이고, 대웅전도 금당이다. 2탑2금당 구조는 본 적도 들은 적도 없는 형식이다. 비판적으로 보면 무질서의 전형이고, 긍정적으로 평가하면 제4의 형식이다. 화엄사는 왜 이처럼 기형적인 구조를 갖게 된 것일까? 단순한 실수일까? 아니면 의도적인 형식 파괴?

똘레랑스. 화엄사의 구조를 푸는 열쇠는 관용이다. 세월의 강을 거슬러 한 천년쯤 올라가면 화엄사 구조의 수수께끼를 풀어줄 비밀의 문이 열린다. 때는 800년대 초. 신라가 한반도의 주인이 된 지 백년이 훌쩍 넘어가고 있었다. 통일국가를 벌써 이루었으나 점령지 백성의 민심을 얻는 일은 생각

마당에서 바라본 화엄사 각황전과 대웅전. 화엄사는 중심
법당이 둘인 사찰이다. 여간해서 보기 힘든 구조이다.

만큼 쉽지 않았다. 불교의 힘을 빌려 통합을 이룰 목적으로 백제와 고구려 출신 장인까지 동원하여 불국사와 석굴암을 만들었으나, 신라 왕실과 지배 계급이 손에 쥔 성과는 기대치에 턱없이 모자랐다. 특히 문화적 자존심이 강한 백제 땅 민중들의 마음을 얻는 게 여간 녹록치 않았다. 불국사 창건 때 그러했듯이 신라는 고민 끝에 다시 불교를 끌어 들인다. 그 즈음 최대 종파인 화엄종과 손을 잡고 이번에는 서라벌이 아니라 백제의 옛 영토인 남악에 화려하고 장엄한 법당을 짓기로 한 것이다. 신라가 화엄종을 선택한 데는 그만한 이유가 있었다. 백성에 대한 영향력이 가장 큰데다 '융합과 조화'가 화엄종의 핵심 교리였으니 통합을 위해선 이보다 더 탐탁한 종파는 없었다. 이렇게 해서 세상에 나온 게 각황전의 전신인 장륙전(1장 6척, 즉 높이가 4.8미터의 부처를 모신 전각)이다.

원래 장륙전은 지금의 각황전처럼 2층이 아니라 3층 법당이었다. 2층 전각인 각황전도 장엄한데 장륙전은 이보다 더 화려하고 당당했을 것이다. 신라는 장륙전을 짓는 것만으로 불안했던지 아예 법당 사방 벽을 화엄경을 새긴 수 만개의 돌로 마감했다. 장륙전은 하나의 건물인 동시에 거대한 경전이었던 셈이다. 장륙전을 세운 지 700년 후에 펴낸《신증동국여지승람》에도 이 사실이 기록되어 있다. 구례현 화엄사 항목에 보면 "절에는 하나의 전(장륙전)이 있는데 네 벽을 흙으로 바르지 않고 모두 청벽을 만들어서 그 위에《화엄경》을 새겼으나 여러 해가 되어 벽이 무너지고 글자가 지워져서 읽을 수가 없다."

나라 안의 이름난 불교 건축이 대개 그랬듯이 장륙전도 임진왜란의 폭력

화엄사 각황전. 국내에서 가장 웅장한 2층 법당이다. 임진왜란 때 800년대에 지은 장육전이 불타자 1702년 그 자리에 다시 지은 건물이다. 각황전 앞의 석등과 서5층석탑은 장육전과 동시대 문화재이다.

을 피해가지는 못했다. 장륙전은 불에 타 사라진 지 약 100년이 흐른 뒤인 1702년(숙종 28년) 왕실의 후원을 받아 각황전이라는 이름으로 다시 태어났다. 각황전 앞에는 높이가 무려 6.2미터에 이르는, 대한민국에서 가장 큰 석등(국보 12호)이 있다. 그리고 계단 아래, 그러니까 보제루 마당에는 서5층석탑이 있다. 학계에서는 석등과 서5층석탑이 형식과 조형미로 보아 장륙전과 같은 시기에 세워진 것으로 보고 있다. 그러니까 원래 화엄사는 장륙전, 석등, 석탑이 같은 선상에 있는 1금당1탑 형식의 사찰이었던 것이다. 그렇다면 원통전과 대웅전, 보제루, 그리고 마당에 있는 또 하나의 탑은 무엇인가? 800년대엔 그런 것은 없었다. 원통전과 대웅전의 높은 석단도 없었다. 석단과 보제루 자리에는 지금의 불국사처럼 틀림없이 회랑이 지나가고 있었을 것이다.

화엄사가 1탑1금당 형식을 선택한 것은 화엄종의 교리와 밀접히 연결되어 있다. 위에서 잠깐 이야기 했듯이 화엄종은 '하나가 일체요, 일체가 곧 하나'라는 문구로 설명할 수 있다. 통합을 금쪽같이 여기는 화엄종의 입장에서는 절의 구조도 거기에 합당해야 했다. 다시 말하면 금당도 하나이고, 탑도 하나여야 했던 것이다. 화엄사의 1탑1금당 형식은 그러나 9세기 이후의 어느 시점에선가 심하게 흐트러지고 만다. 그 시점은 아마도 지금의 대웅전 자리에 새로운 법당이 들어섰을 때일 테고, 그 무렵 또 하나의 석탑, 즉 동5층석탑이 세워졌을 것이다.

대웅전 자리에 새 법당이 들어섰다는 것은 장륙전이 중심 법당의 지위를 빼앗겼다는 뜻이다. 그리고 이 말은 화엄종이 힘을 잃었다는 뜻이고, 조금 더 깊이 생각하면 화엄사에 새로운 종파가 들어섰다는 것을 의미한다. 불교 권력이 뒤바뀐 것이다. 화엄종을 밀어낸 종파는 천태종일 가능성이 높다. 왜냐하면 천태종은 석가모니를 모시는 대웅전과 쌍탑 구조를 선호했기 때문이다. 천태종은 대웅전과 기존에 있던 서5층석탑 옆에 또 하나의 탑, 그러니까 동5층석탑을 세워 절의 구조를 2탑1금당 형식으로 바꾸었다. 그리고 그 시기는 고려 초일 가능성이 높다. 천태종이 한반도에 들어온 것은 삼국시대이지만 번성하기 시작한 것은 고려 초부터이다. 이런 배경 때문에 화엄사는 주요 불전이 두 개인, 즉 각황전과 대웅전을 동시에 거느린 독특한 구조를 갖게 되었다.

내가 주목하는 것은 그러나, 종파와 건축 구조의 뒤바뀜이 아니라 그 안에 담긴 관용과 공존의 미덕이다. 말이 쉬워서 공존과 관용이지 설령 그것이 종교 권력이든 정치 권력이든 타자를 인정하고 받아들인 다는 게 생각처럼 쉬운 일은 아니다. 권력을 얻는 순간, 천태종도 지리산 자락에 짙게 드리워진 화엄종의 흔적을 몽땅 지우고 싶었을 것이다. 장륙전을 헐어내 그 자리에 대웅전을 짓고, 그 앞에는 기존의 탑을 버리고 보란 듯이 쌍탑을 세우고 싶은 마음 간절했을 법하다. 그러나 천태종은 그렇게 하지 않았다. 그들은 욕망과 권력을 버리고 부처의 정신으로 돌아갔다. 화엄종의 화엄사를 그대로 두고, 그 옆에 또 하나의 화엄사를 만들었을 뿐이다. 다행히 이런 전통은 조선시대에도 이어졌다. 1600~1700년대 화엄사를 중수할 때에도 스님들은 화엄종의 화엄사와 천태종의 화엄사를 그대로 살렸다. 장륙전이 불타

화엄사 대웅전과 동5층석탑. 임진왜란 때 고려 초에 지은 대웅전이 불타자 1630년 같은 자리에 다시 지었다. 동5층석탑은 최초의 대웅전과 같은 고려 초의 문화재이다.

자 그 자리에 각황전을 지었고, 대웅전이 불타자 그 자리에 다시 대웅전을 지었다. 옛 것을 존중하며 새 질서를 만들려는 자세. 화엄사는 편협의 겨울 옷을 벗어던지고 상생의 봄옷을 입었다.

화엄사의 건축은 좁게 보면 혼란이고 불화이지만 넓게 보면 통섭이고, 화이부동和而不同이다. 겉으로 보면 사찰 건축 문법을 파괴한 것 같지만 한 꺼풀 벗겨내고 보면 그것은 새로운 형식의 창조이다. 화엄사는, 세상 곳곳에 차별과 독점을 번식시키는 우리 사회를 향해 조용히 웅변하고 있다. 공존의 아름다움을, 똘레랑스의 위대함을!

정의란 무엇인가
신륵사

신륵사_경기도 여주군 여주읍 여강(여주 지역을 흐르는 남한강을 부르는 이름)가에 있다. 벽돌로 쌓은 전탑이 있어서 고려 때부터 벽절이라 불렀다. 신라 진평왕 때 원효가 처음 세웠다고 하나 정확한 기록은 없다. 신륵사는 나옹과 이색의 절이라고 해도 과언이 아니다. 곳곳에 나옹의 흔적이 있으며, 나옹과 신륵사에 얽힌 글을 수십 편을 쓴 이색도 이 절과 인연이 깊다. 불자와 유자의 처지를 떠난 통섭적인 사귐, 그리고 그들의 일관된 삶을 되새기게 해주는 절이다. 1376년 나옹이 이곳에서 입적한 뒤 전성기를 맞았다. 1382년에는 목은 이색의 발원으로 2층으로 된 대장각을 짓고 대장경을 봉안했다. 고려 말의 장수 최영, 조민수, 최무선 등도 힘을 보탰다. 지금은 7층 전탑 위쪽에 그때 일을 기록한 대장각기비(보물 제230호)만 남아 있다. 1463년 세종대왕의 능을 강남구 대모산에서 여주로 이장하면서 영릉의 원찰이 되었다. 1473년 왕실에서 보은사로 이름을 바꾸었다.

신륵사 여행은 조문의 길이다.

단풍이 저무는 늦가을, 나옹과 이색을 만나러 신륵사로 간다. 고려를 지킨 승려와 고려를 사랑한 학자. 나옹선사와 목은 이색은 왕의 스승이었다. 두 사람은 공교롭게도 신륵사에서 죽었다. 한 사람은 선방에서 죽었고, 또 한 사람은 절 앞으로 흐르는 여강에서 죽었다. 나옹이 저물던 5월, 절간의 나무는 스님을 위해 눈물 같은 꽃잎을 뚝뚝 떨어뜨렸고, 여강은 이색의 죽음을 슬퍼하며 내내 검푸르게 흘렀다. 그리고 신륵사는 600년이 지난 지금도 그 아픔을 보듬고 있다.

신륵사 풍경이 숙성된 김치처럼 푹 익었다. 은행나무는 노랗게 익어가고 단풍나무는 붉게 불타고 있다. 가을은 그렇게 절정을 지나 내리막길로 들어서고 있다. 일주문과 범종각, 구룡루를 지나 절 마당으로 들어선다. 적묵당 앞에서 걸음을 멈췄다. 고요히 명상에 잠기는 집. 절집 이름이 마음에 와 닿는다. 금당처럼 크지 않은데다 단청도 하지 않아서 다른 곳에 옮겨 놓으면 살림집으로 보일만큼 소박하다. 이 집은 그러나 고려와 조선을 풍미했던 시인과 묵객이 하루가 멀다 하고 머물다 간 곳이다.

신륵사는 개성과 한양에서 가까웠던 까닭에, 그리고 강을 끼고 있는 풍경이 아름다워서, 고려와 조선의 문인들이 앞서거니 뒤서거니 산문을 넘었다. 그들은 나룻배를 타고 세월을 낚으며 여여하게 여주에 닿았다. 옛 문인들이 신륵사를 즐겨 찾은 것은 그러나 아름다운 풍경과 뱃놀이 때문만은 아니었다. 뱃놀이라면 한양의 선유도와 압구정이 더 좋았다. 사찰이라

면 증심사와 망월사가 있었고, 강을 건너면 대치의 숲에 안긴 봉은사도 있
었다. 신륵사엔 문인들을 불러 모으는 또 다른 힘이 있었다. 나옹이었다.
이색을 여주로 불러들인 것도, 이이가 적묵당에 머물며 밤이 늦도록 먹을
간 것도 사실은 풍경이 아니라 나옹화상 때문이었다. 신륵사에 머문 기간
은 열흘이 채 안 되지만 나옹은 그때도 신륵사의 주인이었고, 지금도 여
전히 신륵사의 좌장이다.

나옹은 1320년 경북 영덕에서 태어났다. 법명은 혜근이고 나옹은 호이
다. 강월헌이라는 호도 더불어 사용하였다. 그는 20세 때 죽마고우의 죽
음을 보고는, 삶과 죽음에 대한 의문을 풀기 위해 상주의 묘적산 공덕사
로 출가했다. 20대 후반에 원나라로 유학을 떠나 임제 선풍의 영향을 많
이 받았다. 10년 뒤 고려로 돌아와 화두를 근거로 수행하는 참선법인 간
화선을 중심에 둔 선풍을 일으켰다. 1361년 홍건적이 쳐들어 왔을 때, 공
민왕과 신하들은 송도를 버리고 안동으로 피신을 갔으나 그는 해주의 신
광사에 머물며 끝까지 절을 지켰다. 백성을 버린 왕실의 권위는 땅에 떨
어졌다. 반대로 나옹의 권위는 정확히 왕과 지배층의 위신이 떨어지는 만
큼씩 위로 올라갔다. 공민왕은 민심을 수습할 요량으로 그를 왕사로 삼았
으나 나옹은 개경에 머물지 않고 그가 맨 처음 깨달음을 얻은 양주 회암
사로 내려가 백성을 위무했다. 원의 지배와 홍건적의 침입, 친원파와 반
원파의 권력투쟁, 그리고 공민왕의 암살……. 그 무렵 고려는 파탄 지경
에 이르고 있었다.

1376년 4월 15일 회암사에서는 제법 성대한 중창 낙성식이 열리고 있었

신륵사, 36cm×46cm, 흙벽화 기법에 천연 안료, 2009

다. 절 안팎은 전국에서 몰려든 백성들로 인산인해를 이루고 있었다. 산천은 의구하여 진달래 철쭉 흐드러졌으나 봄이 와도 희망을 발견하지 못한 백성들은 너나없이 나옹에게 삶의 답을 찾으려고 했다. 백성들의 기대와 존경이 나옹에게는 그러나 약이 아니라 독이었다. 백성의 마음이 회암사로 쏠리자 위기를 느낀 귀족과 유학자들이 나옹을 탄핵하기 시작했다. 왕은 권신들의 요구를 받아들여 그를 중앙에서 멀리 떨어진 밀양 영원사로 옮기게 했다. 5월 5일, 나옹화상은 송도에서 파견한 호송관의 성화에 못 이겨 쫓기듯 회암사를 떠났다.

나옹은 귀양 같은 여행길에 올랐다. 양평에 이르러 배를 타고 남한강을 거슬러 오르기 시작했다. 여주와 충주 지나 문경새재를 넘어 낙동강으로 길을 잡을 요량이었다. 그러나 더 이상 가지 못하고 여주 신륵사에 이르러 걸음을 멈추었다. 권력의 탄압을 받아 상심이 너무 컸던 탓일까? 나옹은 몸져눕더니 끝내 자리를 털지 못했다. 이미 자신의 운명을 예감이라도 한 것일까? 그는 유언 같은 시를 남겨놓고 저승으로 소풍을 떠났다. 때는 여름의 입구, 5월 15일이었다.

청산은 나를 보고 말없이 살라하고/창공은 나를 보고 티없이 살라하네
사랑도 벗어놓고 미움도 벗어놓고/물 처럼 바람처럼 살다가 가라하네

신륵사 마당을 빠져나와 강월헌(신륵사에 있는 정자. 나옹의 호이자 그가 생전에 머물던 방의 이름이기도 하다.)이 있는 동대(강월헌 주변의 넓고

큰 바위 전체를 이르는 말)로 갔다. 강월헌은 남한강, 즉 여강의 아름다운 풍경을 온전히 감상할 수 있는 곳으로, 이 절의 하이라이트다. 뒤로는 봉미산과 신륵사가 배경이 되어 주고, 앞으로는 강원도 첩첩산중을 용케도 빠져나온 강물이 모래밭과 탑과 절집을 차례로 적신 뒤 천천히 서쪽으로 물러난다. 절을 찾은 사람들은 너나없이 이곳에 머물며 감상에 젖는다. 율곡 이이도 가을밤에 강월헌에 올랐다가 느낌이 많아져 강물에 빠진 하늘과 그 하늘에 빠진 달을 노래하는 시를 지었다.

강월헌이 서 있는 자리는 원래 나옹의 다비식이 열렸던 곳이다. 무학대사를 비롯하여 나옹을 따르던 문도들이 그 자리에 6각형의 나무 정자를 짓고 스승의 호를 따 강월헌이라고 불렀다. 그리고 정자 옆에는 나옹을 기념하는 삼층석탑을 세웠다.

강월헌에서 바라보는 풍경은 더없이 아름답지만 정자 강월헌은 결코 아름답다고 말할 수 없다. 원래 강월헌은 나무로 지은 정자였다. 위치도 지금보다 위쪽으로, 그러니까 삼층석탑과 거의 붙어 있었다. 1972년 대홍수 때 정자가 떠내려가자 지금의 자리로 옮겨 다시 지었다. 그런데 정자를 콘크리트로 지어버렸다. 강월헌 고유의 정신과 역사성을 외면하고 겉모양만 재현하려다 보니 이처럼 어처구니없는 일이 벌어졌다.

개발 독재 시대에는 민간에서든 정부에서든 이런 일이 비일비재했다. 오죽했으면 경복궁의 정문인 광화문마저 시멘트로 재현해 놓았을까? 다행히 지금은 예전 모습 그대로 복원을 했지만. 목조 건축을 콘크리트로 바꾸어 놓은 천박함은 도대체 어디에서 온 것일까? 한 시대의 문화는 당대의 교양 수준을 뛰어 넘지 못하는 것인가?

더욱 안타까운 것은 30년도 더 지난 오늘까지도, 뒤늦게 박정희를 표절하고 코스프레하는 비현실적인 현실이다. 자연미를 잃은 여강을 보라. 강의 아름다움을 만든 건 언제나 인위가 아니라 자연이었다. 게다가 강은 인류의 자궁이다. 강에서 삶이 시작되었고, 문명과 역사가 시작되었다. 강에서 숱한 시와 이야기를 만들어 내고, 아름다운 그림을 얻었다. 강은 인류에게 서사와 감수성의 집이다. 강은 강의 강이어야 한다. 나무와 수초의 강이어야 하고, 모래와 물고기의 강이어야 한다. 그리고 마지막에야 인간의 강이어야 한다.

히틀러 시대, 베르톨트 브레히트는 세상에 널려 있는 슬픔에 대한 침묵이므로, 나무에 대해 이야기하는 것은 범죄에 가깝다고 말했다. 80년이 지난 지금 그의 말은 이렇게 바뀌어야 한다. 죽어가는 강과 그 강에서 쫓겨난 새와 물고기를 외면하는 것은, 자연에 널려 있는 아픔에 대한 침묵으로, 그것은 범죄에 가깝다. 정도의 차이가 있을 뿐 우리는 강에서 불어올 불행의 지분을 조금씩 나누어 갖고 있다. 노자와 루소, 소로우와 장일순의 정신을 잃어버린 우리는 불행히도, 불행의 공동 주주이다.

나옹을 이야기 할 때 빼놓을 수 없는 사람이 목은 이색이다. 그는 나옹의 일이라면 그가 딛고 있는 처지를 괘념치 않았다. 나옹이 앞서 가면 이색이 그 뒤를 따르며 신륵사 곳곳에 자신의 흔적을 남겨 놓았다. 신륵사는 나옹의 절이면서 동시에 이색의 절이다.

이색은 1328년 유학자 이곡의 아들로 태어났다. 본관은 한산이고 출생지는 영덕이었으나 자라기는 송도에서 자랐다. 1348년에는 아버지를 따라 원나라로 유학을 떠났는데, 공교롭게도 나옹도 같은 해에 중국 유학길에 올랐다. 원나라 과거 시험에 합격하고 그곳에서 관리를 지내기도 하였다. 이숭인, 정몽주, 권근 같은 이가 그의 문하에서 공부하였다. 뒤에는 우왕의 사부를 지내기도 했다.

나옹과 이색의 인연이 어디서부터 시작되었는지 정확히 알 수는 없다. 다만 둘이 고향 선후배라는 점과 같은 해에 북경으로 유학을 떠난 사실부터가 예사롭지 않다. 그들이 원나라에서 교류를 했는지는 확실하지 않다. 다만 둘 다 북경을 중심으로 생활하였으므로 어떤 식으로든 안면을 익혔을 것이다. 두 사람이 본격적으로 교류한 것은 원나라에서 귀국한 뒤였다. 특히 공민왕이 집권한 뒤에는 한 사람은 왕사가 되어, 또 한 사람은 행정가가 되어 고려를 이끌었으므로, 아마도 이때 둘의 교류가 절정에 이르렀을 것이다.

나이와 종교를 떠난 나옹과 이색의 우정은 두고두고 인구에 회자되었다. 신륵사를 찾은 문인들은 어김없이 동대와 강월헌에 앉자 밤이 이슥토록 불자와 유자의 사귐을 추억했다. 조선 영조 때의 문신 이덕수도 그 가운데 한 사람이다.

신륵사 7층전탑. 신륵사의 다른 이름은 벽절(벽사)이다.
벽절은 벽돌로 만든 탑을 품은 절이라는 뜻이다.

남자의 여행,
비우려고 떠나서
채우고 돌아오다

동대 아래엔 장강 강 위엔 달이 떴으니/나옹의 마음에 묵은의 글이구나/
고승의 지난 자취를 뉘에게 물어볼까/백탑만 저녁 구름 속에 꼿꼿이 서
있네
_이덕수 〈벽사 동대〉의 일부

두 명의 영국 여인이 있었다. 이사벨라 버드 비숍과 영국 여왕 엘리자베스
2세. 한 사람은 백여 년 전에 한국을 다녀갔고, 또 한 사람은 십몇 년 전에
방문했다. 푸른 눈의 여인들은 한국의 절에 홀딱 빠졌다. 한 사람은 신륵
사에 매혹당했고, 한 사람은 안동 봉정사에 반했다. 비숍 여사는 신륵사를
보고 "그림 같다."고 감탄했고, 엘리자베스 2세는 봉정사 건축을 두고 "거
대한 조각품 같다."고 찬사를 보냈다.
이사벨라 버드 비숍은 작가이자 영국왕립지리학회 최초의 여성 회원이었
다. 그는 1894년 겨울과 1897년 봄 사이 네 차례에 걸쳐 한국을 방문했다.
비숍 여사는 1894년 초가지붕을 얹은 배를 타고 남한강을 거슬러 경기도
와 충청도를 여행하다가 신륵사에 머문 적이 있다. 그는 뒤에 영국으로 돌
아가 《한국과 그 이웃나라들》이라는 책을 펴냈다. 이 책에서 그는 "나무가
들어찬 작은 골짜기에 정성들여 조각하고 채색한 그림 같은 사원과 수도
원이 있다."고 신륵사에 대해 기록하고 있다.
푸른 눈의 영국 여인은 신륵사를 '그림 같은 사원과 수도원'이라고 표현하
고 있지만, 눈여겨볼 것은 절집보다는 오히려 탑이다. 동대의 삼층석탑은
나옹을 기억하게 해주어서 고맙고, 그 위의 비보풍수의 흔적을 보여주는

벽돌탑(보물 제226호)은 재료와 모양의 독특함 때문에 흥미를 끈다. 향나무와 더불어 신륵사 중정의 표정을 살려주고 있는 다층석탑(보물 225호)도 관심을 두기에 충분하다.

정림사지석탑이나 석가탑이 그렇듯이 우리나라 석탑은 대개 화강암으로 만들어졌는데 신륵사 중정의 석탑은 특이하게도 대리석으로 만들었다. 아마도 신륵사가 여주 영릉의 원찰이었을 당시 절의 권위를 높이려고 대리석으로 고급스럽게 만든 게 아닌가 싶다. 비숍 여사는 석탑을 본 감상을 이렇게 적고 있다. "사원의 뜰에는 정교히 양각된 신기한 탑이 있었는데 서울의 파고다 석탑과 비슷했다." 그녀의 관찰력은 정확했다. 왜냐하면 원각사지십층석탑도 대리석으로 만들었기 때문이다. 뿐만 아니라 두 석탑은 꽃과 용 따위를 깊고 화려하게 양각하는 등 조각 기법과 양식도 비슷하다. 두 탑이 거의 비슷한 시기인 1400년대 중후반 왕실에 의해 만들어졌기 때문이다. 다만 신륵사 석탑은 군데군데 깨지고 윗부분이 일부 사라져 조형미에서 파고다 석탑에 미치지 못한다.

이사벨라 버드 비숍은 절집과 탑뿐만 아니라 스님에 대해서도 깊은 인상을 받았다. 여행기를 읽다 보면 그는 건축보다 절을 지키는 사람에게 더 벅찬 감동을 받았음을 알 수 있다.

"그 사원은 한 사람의 주지승과 열아홉 명의 승려, 네 명의 사미승이 꾸려가고 있었다. 주지승은 내가 한국에서 만났던 사람 중에서 가장 정제되고 지적이며 귀족적인 풍모를 지닌 사람이었다. 그의 내면에서 우러나오는 경건함이나 예절의 분명함은 어느 곳에서도 흔히 볼 수 없는 것이었다."

강월헌이 신륵사의 하이라이트라면 부도밭은 이 절의 숨은 진주이다. 나옹화상의 사리탑(보물 제228호)과 이색이 글을 쓴 사리비(보물 제229호), 그리고 이들을 밝혀주는 석등(보물 제231호)이 봉미산 솔숲에 모여 있다. 부도밭으로 가려면 신륵사 중정을 나와 조사당을 왼쪽에 두고 산으로 난 계단을 올라야 한다. 돌계단을 오르다가 숨이 차오를 즈음 걸음을 멈추면 이윽고 부도밭이다. 살아서 서로 존중했던 나옹과 이색이 죽어서도 서로 의지하고 대접하며 함께 머무는 600년 숲이다.

나옹의 사리탑을 세운 것은 그가 입적한 지 정확히 90일 후인 1376년 8월 15일이다. 이색이 "절의 북쪽 벼랑 위에 부도를 세웠다."고 한 그 부도이다. 정수리 뼈에서 나온 사리를 부도탑에 함께 묻고, 나머지는 회암사를 비롯한 여러 절에 나누어 주었다. 이색은 신륵사에 정수리 사리를 묻은 이유를 그가 이곳에서 마지막 생을 보냈기 때문이라고 했다.

나옹의 사리탑을 흔히 석종형 부도라고 부른다. 돌로 만든 종처럼 생겼다는 것인데 나에게는 종보다는 꽃처럼 보인다. 막 봉오리를 맺은 동백이나 장미처럼 보이는 것이다. 나옹의 몸은 이미 재가 되었으나 그의 영혼은 봉미산 기슭에서 꽃으로 피어나고 있다. 그 꽃은 지금 망울을 터뜨리기 직전이다.

강월헌도 좋지만 나는 부도밭이 더 마음에 든다. 산기슭으로 깊숙이 들어와 아늑해서 좋고, 돌도 품격이 있음을 보여주는 조각 작품이 있어서 좋다. 그리고 무엇보다 신륵사 건축의 백미인 조사당을 조용히 감상할 수 있어서 좋다. 조사당은 신륵사에서 가장 아름다운 건물로 나옹의 스승인 지

공과 나옹, 그리고 나옹의 제자인 무학대사의 영정을 모셔놓은 곳이다. 정면 1칸, 옆면 2칸에 지나지 않는 아주 작은 집이지만 전혀 옹색하지 않다. 조금 뒤로 물러서 무학대사가 나옹을 추모하기 위해 심었다는 600년 된 향나무까지 눈에 넣으면 둘의 조화가 볼수록 정갈하고 우아하다. 그러나 조사당의 진짜 매력은 앞태가 아니라 뒤태다. 부도밭에 서서 소나무 사이로 보이는 조사당을 부감으로 내려다보라. 조사당의 기품과 지붕선의 아름다움을 훔쳐보듯 감상할 수 있다.

나옹은 쉰일곱에 세상을 떠났다. 우왕의 명령을 받고 회암사를 떠난 지 14일 만에, 신륵사에 도착한 지 7일 만에 눈을 감았다. 600년 전 치고는 적지 않게 살았지만 아무리 생각해도 그의 입적은 너무 급작스럽다. 그가 이미 중병을 앓고 있었다면 왕실과 지배층이 위협을 느끼지 않았을 것이니, 굳이 그를 밀양까지 내려 보낼 이유도 없었을 터였다. 이색은 그가 회암사에 있을 때 이미 병을 얻었다고 했지만(이색의 글은 그러나 나옹을 귀양 보낸 우왕의 명을 받고 쓴 것이다.) 정황으로 보아 회암사를 떠날 때까지 나옹은 건강했다고 보는 게 타당하다.

역사는 행간을 읽어야 한다. 지배 계급은 나옹을 밀양으로 내쳤지만 2천여 제자와 백성이 여전히 그를 따랐다. 이색의 표현을 빌려 말하자면 물이 구덩이로 달리듯 모든 중들이 그에게로 몰려들었다. 나옹은 불심과 민심을 얻었으나 그 대신 하나밖에 없는 목숨을 잃었다. 송도에서 호송관이 도착했을 무렵 그는 이미 자신이 곧 죽게 될 것임을 알고 있었다. 그는 회암사를 떠나며 독백처럼 말했다.

"나의 길은 마땅히 여흥에서 끝날 것이다."

나옹이 세상을 등진 지 정확히 20년 후, 이번에는 이색이 서방으로 떠났다. 이색은 고려와 조선 두 왕조를 경험했다. 고려의 이색은 행복했지만 조선의 이색은 불행했다. 이색은 이성계와 생각이 달랐다. 그는 정권을 잡은 이성계는 이해했지만 고려를 무너뜨린 이성계는 받아들일 수 없었다. 이색은 조선에 살면서 고려를 잊지 못했다. 바로 그 이유 때문에 탄핵을 받았고, 그 이유 때문에 시도 때도 없이 귀양을 다녔다. 장단, 함창(상주), 청주, 여흥(여주), 장흥, 오대산, 한산……. 그의 말년은 나그네 인생이었다. 그래서 그의 시가 늘 애달픈 것인가.

백설이 잦은 골짜기에 구름이 험하구나/나를 반겨줄 매화는 어느 곳에 피었는가/석양에 홀로 서서 갈 곳을 몰라 하노라

나옹의 죽음도 슬프지만 이색의 죽음도 우리를 아프게 한다. 1396년 음력 5월, 목은은 나옹을 그리워하며 여흥으로 가는 배에 올랐다. 목은의 제자 권근은 그가 이성계에게 허락을 받고 신륵사로 피서를 떠나는 길이었다고 말했으나, 사실은 한양의 권력을 피해 절로 숨어들 요량이었다. 하지만 이색의 여행은 거기에서 끝나고 말았다. 신륵사를 목전에 두고 여강에서 생을 마감했다. 권근은 스승의 행장을 쓰면서 배에 오르면서 병을 얻었다고

신륵사 부도밭에서 내려다본 조사당의 뒤태. 신륵사에서 가장 아름다운 건물이다.

기록하고 있다. 하지만 권근은 이미 이성계의 신하였으니, 게다가 이색이 신륵사로 떠날 때 이성계가 독주를 내렸다는 소문이 물결처럼 퍼져 있었으니 행장의 기록을 어떻게 곧이곧대로 믿을 수 있겠는가. 이색은 이성계가 보낸 술병을 앞에 놓고 이렇게 말했다.

"나는 죽고 사는 원리를 알아서 하등의 의심이 없다."

예순 아홉 되던 해 초 여름, 그는 거추장스런 육신을 배 위에 던져놓고는 영혼만 데리고 뭍으로 올라갔다. 그리고는 곧 나옹과 더불어 신륵사의 주인이 되었다.

목은이 죽었다. 지조를 지켰으나 그 지조가 날카로운 칼이 되어 그를 찔렀다. '아님'을 '아님'이라 말할 수 있는 자유를 그는 끝내 얻지 못했다. 그렇다면 목은의 '정의'는■ 무너진 것인가? 그렇지 않다. 나옹의 '정의'도 쓰러지지 않았다. 우왕과 이성계는 '불의'로 남았고, 한때 무너졌으나 이색과 나옹은 '정의'의 힘으로 지금도 살고 있다.

■ 사실 이색은 요즘으로 치면 보수파였다. 그는 정도전이 고려의 권력을 잡은 이성계와 함께 추진한 조세 개혁안—귀족들이 독차지하고 있는 토지를 국가가 환수한 후 지역별 인구 비례에 따라 나눠주자는 개혁안—을 맨 앞에서 반대한 사람이다. 그의 수구적 태도는 비판받아 마땅하다. 그러나 이색이 이성계에게 협조하지 않은 이유는 이익을 탐해서라기보다는 '인의예지'를 섬기고자 하는 성리학자의 신념과 철학 탓이 더 컸다. 이런 그의 태도는 '정의'라기보다는 '신념'이나 '지조'의 개념에 더 가까운 것일 수도 있다.

작은 것이 아름답다
봉곡사

봉곡사_충남 아산시 송악면 봉수산 중턱에 있다. 887년 도선국사가 세웠다고 하나 확인할 기록은 없다. 봉곡사는 '작은 것이 아름답다'는 말을 떠올리게 하는 아담한 사찰이다. 이 절의 또 다른 매력은 입구부터 시작되는 소나무 숲이다. 낙락장송이 숲을 이루고 있다. 사단법인 생명의숲국민운동이 '보전해야 할 아름다운 숲'으로 선정할 만큼 미학적인 숲이다. 봉곡사는 다산 정약용과 인연이 각별한 절이다. 200년 전 다산은 이곳에서 성호 이익의 학문을 주제로 세미나를 열었다. 봉곡사는 또 근대 불교의 아버지인 만공 스님이 도를 깨우친 곳이다. 그는 일제시대 한국 불교를 탄압하는 총독 앞에서 호통을 치는 기개 높은 스님이었다. 만공은 만해 한용운, 백야 김좌진과 호형호제 하는 사이였다. 만해와 백야는 홍성이 고향이었고, 만공은 내포 지방의 절을 옮겨 다니며 선풍을 일으켰다. 절 입구에 세계일화 곧 우주는 하나의 꽃이라는, 스님의 대표적인 법어를 새겨 넣은 만공탑이 있다.

1844년 제주도. 추사는 대정 앞바다의 칼바람을 맞으며 추운 겨울을 보내고 있었다. 그의 고백대로 추사는 참선과 차 끓이는 일로 하루하루를 견디어 내고 있었다. 천리 밖 제주도로 귀양 와서 겨울을 다섯 번 맞는 동안 그는 육지에서 조금씩 잊혀져 가고 있었다. 해남의 초의와 그가 아끼는 제자 이상적 정도만 옛정 그대로 그를 대해주었다. 외로웠다. 외로웠으므로 초의에게 차를 보내주지 않는다고 투정을 부렸고, 그래도 보내주지 않으면 은근히 성화를 내기도 했다.

그리고 이상적. 만리 밖 북경을 뒤져 책을 구해 제주도까지 보내주며 스승을 챙기는 제자를 생각하면 만감이 교차했다. 고맙고 미안했다. 그리고 세파에 흔들리지 않고 의리와 정의를 따르는 그가 미덥고 자랑스러웠다. 권력의 눈치를 보기는커녕, 그 권력에 쫓겨난 스승을 챙기는 제자를 보며 추사는 《논어》 한 구절을 떠올렸다. 세한연후 지송백지후조야歲寒然後 知松柏之後彫也. 뭇 나무들이 잎을 다 떨구는 엄동설한이 되어서야 청청한 소나무와 잣나무의 일관됨을 뒤늦게 깨닫는다는 뜻이다. 추사는 이 구절을 화제 삼아 이상적에게 줄 그림을 그렸다. 초가를 가운데 두고 소나무 한 그루와 전나무 세 그루를 그려 넣고, 이상적의 지조와 추사의 마음까지 담은 그림을 우리는 이렇게 부른다. 세한도!

추사의 고향인 충남 예산에서 그리 멀지 않은 곳, 아산시 송악면 봉수산엔 추사의 〈세한도〉에서 막 뛰쳐나온 듯한 소나무가 숲을 이루고 있다. 솔숲은 산 어귀부터 봉수산 중턱에 둥지를 튼 봉곡사까지 이어진다. 울울하고 청청한 소나무를 보고 있으면 저절로 〈세한도〉가 떠오르고, 세조와 맞짱을 떴던 성삼문과 그의 시도 생각난다. 성삼문의 시는 글로 그린 세한도이다.

이 몸이 죽어가서 무엇이 될고하니
봉래산 제일봉에 낙락장송 되었다가
백설이 만건곤할 제 독야청청 하리라

나는 봉곡사를 조금 늦게 알았다. IMF 구제금융 사태가 터지고 얼마 지나지 않았을 무렵 처음 봉곡사엘 갔었다. 외암리민속마을 취재를 마치고 다음 목적지인 청양 장곡사로 가는 길에 소나무 숲길이 아름답다는 이야기를 듣고 잠깐 들렀었다. 그리고 10년 후 봉곡사를 다시 찾았다. 이 절이 다산과 인연이 있다는 사실을 몰랐다가 한국고전번역원의 박석무 원장이 이메일로 보내주는 〈풀어쓰는 다산 이야기〉를 읽고 다시 찾게 되었다. 〈풀어쓰는 다산 이야기〉가 아니었다면 나는 봉곡사를 그저 소나무 숲길이 아름답고, 한때 만공 스님이 수도를 했던 절 정도로 알고 있을 게 뻔했다. 박석무 원장 덕분에 봉곡사는 더 풍부한 표정과 이야기를 갖게 되었고, 나 또한 박석무 원장의 이메일 덕에 봉곡사를 더욱 애틋하게 여기게 되었다.

봉수산 소나무는 자유방임적으로 뻗어있다. 저마다 다른 모습과 다른 표정으로, 그러나 한결같이 우아하고 기품이 넘치는 자세로 하늘을 이고 서 있다. 울진의 금강송처럼 수직적이지 않아서 쓸모는 적을지 모르겠으나 그

송림이 아름다운 봉곡사 진입로. 사단법인 생명의숲국민운동이
'보전해야 할 아름다운 숲'으로 선정할 만큼 송림이 미학적이다.

래서 오히려 운치가 있어 보였다. 한시와 옛 그림에 나올법한 범상치 않은 소나무이다.

소나무는 나무의 우두머리이다. 중국 명나라 때 사람 이시진은 그가 지은 약학서인 《본초강목》에서 소나무를 모든 나무의 우두머리라고 말했다. 소나무 송松자도 이시진의 주장을 뒷받침해주고 있다. 송松은 목木과 공公이 모여 이루어진 말인데, 나무에게 공公자를 붙인 게 이채롭다. 나무 중의 나무이기에 훈장 하나 달아준 것이다.

봉곡사 솔숲은, 아름다웠다. 절집 들머리엔 대개 우거진 숲과 한적한 길이 있기 마련이지만, 이만한 길을 만나기란 여간해서 쉽지 않다. 옅은 안개까지 내려 신비감마저 들었다. 길은 송림 사이로 곡선을 그리며 오르다가 곧 희미해지더니 이내 안개 속으로 사라져버렸다. 문득, 저 안개 너머엔 진짜 부처의 나라가 있을지도 모른다는 생각이 들었다. 길게 숨을 들이마시고는 천천히 산을 오르기 시작했다.

그런데 좀 이상하다. 소나무는 더없이 아름답고 미학적인데 무슨 사연이라도 있는 듯 종아리 부근에 하나같이 깊은 상처를 안고 있다. 일제강점기에 비행기 연료로 쓰기 위해 송진을 채취한 흔적이라고 한다. 일제의 억압에서 벗어난 지 곧 70년이다. 그런데도 강제 병합의 상처는 곳곳에 남아 있다. 차별의 아픔을 품고 사는 재일교포, 여전히 한을 풀지 못하는 종군 위안부 할머니들, 일본의 생트집에 시달리는 땅 독도와 동해, 반성할 줄 모르는 친일파 후손들, 그리고 저 아름다운 소나무까지. 봉곡사 소나무는 나라를 잃으면 땅과 정신은 물론 나무 한 그루, 꽃 한 송이도 온전히 지켜내지

봉곡사, 45cm×90cm, 흙벽화 기법에 천연 안료, 2005

못한다는 사실을, 웅변보다 강렬하게 전해주고 있다.

200여 년 전 어느 겨울, 지성미 넘치는 30대 초반의 젊은이가 이 길을 오르고 있었다. 학자였고, 정치인이었고, 과학자였고, 시인이었던 사람. 임금의 총애를 받았으나 그것이 오히려 화가 되고, 능력이 출중하였으나 그것 때문에 시기를 당하고, 백성을 사랑했으나 그 따뜻한 마음 때문에 도리어 질투를 받고, 영혼이 자유로웠으나 순수한 영혼을 가진 까닭에 고초를 겪은

사람. 다산 정약용. 한적하고 아름다운 이 길은 부처의 나라로 가는 길이기도 하지만 나에게는 다산을 만나러 가는 길이기도 하다.

1795년, 다산의 나이 서른네 살 때의 일이다. 그는 당시 승정원의 동부승지(왕을 보좌하던 정3품 관직. 요즘으로 치면 청와대 비서관쯤 되는 자리이다.)로 있었다. 다산은 30대 초반에 이미 당상관 자리에 오를 만큼 능력을 인정받은 조선의 인재였다. 그런데 문제가 생겼다. 반대파의 모함을 받아 당상관 자리에서 쫓겨날 위기를 맞은 것이다. 종교와 문화에 대한 열린 태도가 문제였다. 노론과 벽파 사람들이 천주교에 관심을 가진 사실을 물고 늘어진 것이다. 때마침 중국인 신부 주문모가 변복을 하고 국경을 넘어와 선교 활동을 하는 사건이 벌어졌다. 당시에 천주교는 유교의 정치 이념을 훼손하는 불순한 종교로 낙인이 찍힌 뒤라서 다산을 아끼던 정조 임금도 그를 지켜주지 못했다. 결국 다산은 당상관에서 금정도 찰방이라는 종6품의 한직으로 쫓겨나고 말았다. 금정도는 지금의 충청남도 서부 지역의 역과 역 사이에 연결된 도로를 일컫는 말이고, 찰방은 일정한 지역의 역을 관장하는 외관직이었다. 그는 대흥, 결성, 홍주, 보령, 해미, 서산, 태안 지방을 연결하는 역로를 관장하는 업무를 맡고 있었다. 이들 역을 총괄하는 역참 이름이 금정이어서 이 지역의 도로를 금정도라고 하였다. 금정역은 지금의 청양에 있었다. 비유하면 청와대 비서관으로 있다가 충청도 서부의 기차역을 관리하는 6급 철도공무원으로 좌천된 셈이다.

불행은 때로 새로운 인연을 낳기도 한다. 봉곡사와 다산의 인연이 그러했다. 당상관에서 찰방이라는 한직으로 밀려났으나, 역설적으로 좌천되어 충청도로 내려간 덕에 금정과 멀지 않은 아산의 봉곡사와 인연을 맺을 수 있었다. 1795년이 저물어 가는 초겨울 다산은 봉곡사에서 당시의 대학자이자 성호 이익의 종손이던 이삼환을 초대하여 이익의 학문을 연구하고 토론하는 세미나를 열었다.

다산이 많은 학자 중에서 성호를 골라 토론회를 연 것은 그만한 이유가 있었다. 성호는 다산에게 학문의 지표였다. 다산이 세상에 나올 무렵 성호는 이미 세상을 떠났으므로 둘은 한 번도 만난 적이 없었다. 그러나 학문에서의 만남이 꼭 당대에서만 이루어지던가. 다산은 성호를 책에서 만났다. 열여섯 살 때 처음 이익의 저술을 읽은 다산은 감동과 충격을 동시에 받았다. 학문을 대하는 태도, 사상, 인품, 학문의 수준……. 다산은 그 이후로 성호를 학문의 스승으로 여겼다.

세미나에는 다산과 내포 지방의 소장 학자 12명이 참여했다. 60대 후반의 대학자와 30대 소장 학자들의 만남. 세대를 뛰어넘은 만남도 만남이지만 토론과 강의가 10일 동안이나 이어졌다. 다산은 그렇게 보낸 열흘이 참으로 즐거웠노라고 말했다.

다산은 봉곡사와 주변 풍경에 대한 인상도 기록해놓았다. "봉곡사는 온양의 서쪽에 있다. 남쪽은 광덕산이요 서쪽은 천방산이다. 산이 높은데다 첩첩이 쌓인 봉우리에 우거진 숲, 깊은 골짜기가 그윽하고 오묘하여 구경할 만했다. 새벽마다 일어나 여러 벗들과 함께 개울물로 나가서 얼음을 두들겨 물을 움켜쥐어 얼굴을 씻고 양치질을 했다. 저녁이 되면 여러 벗들과 함께 산등성이로 올라가 산보하면서 주변을 바라보았다. 안개와 구름이 뒤엉키면 산기운이 더욱 아름다웠다."

다산이 산기운이 아름다웠다고 말한 봉수산은, 그 기운을 아래로 뻗어 예산까지 내달리고 있다. 높이는 불과 500미터를 조금 웃도는 정도이지만 기운은 범상치 않다. 낙락장송과 봉곡사를 품고 있기도 하지만 예산에 가서는 그 유명한 임존성을 거느리고 있다. 임존성은 공주와 부여를 지키기 위해 백제 때 쌓은 외곽 기지였다. 1500년 전에 쌓은 성이라고는 믿기지 않을 만큼 규모가 장대하다. 둘레가 무려 2.5킬로미터에 이르고 성벽의 높이

삼성각에서 내려다본 봉곡사. 200년 전 다산 정약용이 이 절에서 그의
스승인 성호 이익의 학문을 주제로 10일 동안 학술토론회를 주관했다.

가 4.2미터에 이르는 곳도 있다. 임존성은 백제와 마지막까지 운명을 같이한 성이다. 백제의 장수 흑치상지는 의자왕이 당나라 소정방과 신라 문무왕에게 무릎을 꿇자 남은 군인과 백성을 모아 임존성에서 백제부흥운동을 벌였다. 3만여 명의 군인과 유민을 모아 무려 3년을 버티며 싸웠으나 끝내는 백제를 지키지 못했다. 석양처럼 사라져가는 백제의 마지막 모습을 아프게 지켜보았을 임존성. 봉수산은 임존성의 슬픔을 천년 넘게 보듬고 있다. 소나무 숲길은 제법 길게 이어진다. 오른쪽으로는 계곡이 흐르는데, 작은 물소리가 계곡을 기어오르고 관목 숲을 빠져나와, 내 뒤를 졸졸졸 따라붙는다. 길이 끝날 즈음 오른쪽으로 작은 절이 눈에 들어온다. 봉곡사는 양지바른 곳에 소담하게 자리를 틀고 있다. 하도 단촐해서 절이라기보다는 큰 절에 딸린 암자처럼 보인다. 안내판에 따르면 887년 2월에 도선국사가 처음 절을 세웠다. 조선 후기까지는 석암사라 부르다가 1794년에 이름을 봉곡사로 바꾸었다.

봉곡사는 이름난 절이 아니다. 특별히 내세울만한 이력이 있는 것도 아니고, 변변한 문화유산을 갖고 있지도 못하다. 그런데도 나는 이 절이 좋다. 절만큼이나 소박한 돌다리가 좋고, 바람이 불 때마다 사각사각 울어대는 대숲이 좋고, 정원 같은 느낌을 주는 소담스런 절집 마당이 좋다. 대개 절 마당을 보면 생각에 잠기게 되는데 봉곡사에 오면 푹신푹신한 잔디밭에 눕고 싶고, 소풍을 온 사람처럼 돗자리 깔고 앉아 김밥을 먹고 삶은 달걀도 까고 싶다.

그리고 대웅전. 봉곡사를 봉곡사답게 해주는 대웅전이, 나는 너무도 좋다.

왼쪽 '소웅전'이라 불러야 제격일 성싶은 봉곡사 대웅전. 오른쪽 근대 불교의 아버지인 만공 스님이 봉곡사에서 도를 깨우친 것을 기념하기 위해 세운 만공탑

이 절의 법당은 그럴듯하게 대웅전이란 이름을 얻었으나 건물이 워낙 아담하고 앙증맞아서 그런 거창한 이름과는 어울리지 않는다. 오히려 현판을 '소웅전'으로 바꿔 달아야 제 격일 듯싶다. 나는 이처럼 친근감을 주는 대웅전을 보지 못했다. 이름난 절의 대웅전은 대개 위압적일 만큼 크고 웅장해서 종종 거부감이 들 때가 있다. 부처의 권위를 드러내기 위해서라지만 그런 건물을 보면 쉬이 다가가기가 주저되는 것이다. 화려하고 덩치 큰 불전만 보다가 조촐한 대웅전을 만나자 나도 모르게 마음이 턱 풀어진다. 대웅전을 보며 새삼 '작은 것이 아름답다'는 말을 떠올린다. 이 말은 작은 것에 대한 미적 가치를 표현할 때 자주 쓰지만, 사실은 독일 태생의 영국

경제학자인 에른스트 프리디히 슈마허가 쓴 경제 비평서의 제목이다. 애덤 스미스의 《국부론》 이후 세계는 200년 동안 규모의 경제라는 늪에서 벗어나지 못했다. 큰 기업, 세계적인 기술, 대규모 사업, 큰 시장을 추구해온 게 자본주의의 역사였다. 1973년 슈마허는 그러나 세계를 지배해 온 '규모의 경제론'과 '풍요의 경제학'에 반기를 들고 '작은 것이 아름답다'고 주장했다. 슈마허는 규모의 경제는 필연적으로 과도한 에너지 소비를 불러온다고 주장했다. 그는 또 시간이 흐를수록 개발도상국은 규모의 경제를 주도하는 선진국에 종속될 수밖에 없으며, 선진국이 그렇듯이 마침내는 개발도상국 안에서도 불평등과 양극화를 불러올 것이라고 예언했다. 그러면서 그는 작은 경제, 적정한 기술이 세상을 아름답게 할 것이라고 주장하였다. '자족의 경제학'이라 불러 마땅할 그의 책에는 '불교의 경제학'이라는 항목이 나온다. 그는 불교의 무소유 정신을 가장 인간적인 경제학으로 본 것이다. 슈마허의 말은 공자의 '중용의 정신'도 떠올리게 해준다.

크고 웅장하고 화려한 것을 욕망하는 세태가 단지 시장에만 존재하는 것은 아니다. 요즈음 절을 다녀 보면 애덤 스미스의 유령이 산속까지 깊이 스며들어 있음을 자주 보게 된다. 몇 십 미터에 이르는 불상이 있는가 하면, 중창 불사는 또 왜 그렇게 전염병처럼 번지고 있는 것인가? 이런 세태 때문에 봉곡사 대웅전이 더욱 절실하고 소중하게 다가온다. '규모의 사찰'에는 아예 관심이 없는 듯 산속에 무심히 앉아있는 소웅전 같은 대웅전. 대웅전은 그렇게 양지바른 곳에 앉아 '작은 것이 아름답다'는 사실을 조용히 증거하고 있다.

권위, 장엄, 화려함, 완벽함. 대웅전은 이런 말의 반대편에 서 있다. 작고 조촐하고 볼품없는 대웅전이 묻는다. 법당은 꼭 위엄이 넘쳐야 하는 것인가? 크고 정교해야만 아름다운 건축인가? 대웅전은 또 묻는다. 무소유를 평생 실천한 석가모니의 집은 이렇듯 아담하고 조촐해야 제격 아니겠는가?

남자의 여행,
비우려고 떠나서
채우고 돌아오다

공존이 아름다운 이유
선암사

선암사_전남 순천시 승주읍 조계산 동쪽 기슭에 있다. 태고종의 중심 사찰이다. 아도화상 창건설(542년)과 875년에 도선국사가 세웠다는 주장이 공존하나 둘 다 확실하지 않다. 고려 선종 때 대각국사 의천이 중건하면서 크게 번성하였다. 소박하지만 아늑한 숲길과 우리나라에서 가장 아름다운 무지개다리인 승선교(보물 400호), 아름다운 정원을 품은 절이다. 소설가 조정래가 선암사에서, 정확히는 절 근처 사하촌에서 태어났다. 그는 네 살 때까지 이곳에서 살았다. 그가 절에서 태어난 사연은 이렇다. 일제는 한일합방의 예비 공작으로 불교를 통제하기 위해 전국의 절을 32개 본산으로 통합하여 관리했다. 선암사도 그 중의 하나였다. 일제는 우리나라 승려도 일본의 승려들처럼 결혼을 하게 했다. 이른바 대처승 제도다. 그의 부친은 이 절의 부지주였는데, 선암사가 대처승 제도에 편입되면서 결혼을 하게 된 것이다. 시인 고은은 그가 쓴 《한용운 평전》에서 심우장을 찾은 만해의 제자 중 한 사람으로 조정래의 부친 조종현을 꼽고 있다.

참나무, 단풍나무, 삼나무, 서어나무, 싸리나무, 이팝나무, 작살나무, 편백나무, 층층나무…….

선암사로 가는 길은 숲의 터널이다. 온갖 나무들이 서로 손잡고, 어깨에 기대고, 가슴을 끌어안으며 푸른 터널을 만들고 있다. 숲길은 1.5킬로미터쯤 떨어져 있는 절까지 길게 이어진다. 선암사 숲길은 특별히 빼어나지 않다. 조형미로는 송광사 편백나무 숲길과 봉곡사의 소나무 숲길을 따라가지 못하고, 화려하기로는 봄이면 동백꽃 붉게 타오르는 백련사의 숲길에 뒤처지며, 울창하기로는 월정사의 전나무 숲길을 추월하지 못한다. 이 길은 그러나, 그 모든 숲길이 도저히 따라올 수 없는, 스스로를 차별화하는 독특한 매력을 품고 있다.

어울림. 선암사 숲길을 설명하기에 참으로 탐탁한 말이다. 이 길에서는 어느 나무 하나 앞장서지 않는다. 제 잘 났다고 거들먹거리는 나무도 없고, 스스로를 비하하며 물러서는 나무도 보이지 않는다. 그들은 각자 살기 위해 치열하게 뿌리를 내리고 열정적으로 태양을 찾지만 어느 한 나무가 군락을 이루어 세력을 형성하지 않으니 당연히 치이는 나무도 드물다. 갖은 나무들이 자기 자리를 굳게 지키며 푸른 숲을 만들어 내고 있다. 다양한 나무들이 옹기종기 모여 섞임과 공존의 미학을 조용히, 아주 조용히 그려내고 있다.

솔직히, 나는 선암사에 대해 그다지 좋은 인상을 갖고 있지 않다. 몇 년 전 선암사는 지독한 몸살을 앓았다. 골자는 태고종 총무원에서 임명한 주지와 절 내부에서 뽑은 주지 사이의 싸움이었다. 용역 업체 직원들이 등장하고,

남자의 여행,
비우려고 떠나서
채우고 돌아오다

불자들이 동원되고, 총무원 세력이 선암사 세력을 내쫓으면 다시 선암사 스님들이 총무원이 세운 권력을 몰아내고……. 마치 재개발 현장처럼 깡패를 동원해 세입자들을 몰아내는 조폭적 상상력이 절간에서 벌어지는 꼴이 여간 불편한 게 아니었다.

생각 좀 해보자. 부처의 가르침의 핵심은 '무소유'다. 간혹 이름난 절에 가면, 예전엔 지금보다 사찰이 더 커서 불우가 몇 칸이었느니, 절에 딸린 땅이 몇 만평이었느니, 심지어는 절에서 부린 노예가 몇 십 명이었다느니, 하면서 과거의 영화를 무슨 대단한 자랑처럼 늘어놓는 경우가 있다. 해괴망측하다. 본디 불교에서는 수행자가 토지를 포함한 부동산을 소유하는 일을 금지했다. 심지어는 승려는 돈도 만지지 못하게 했다. 노예를 부리거나 사고파는 것은 말 할 것도 없었다.

딱하게도 그런데, 부처의 집에서 '소유'와 '권력'을 탐하며 속인조차 부끄러워하는 싸움을 한바탕 걸쭉하게 벌인 것이다. 스님과 불자들은 조화보다는 불화를, 화해보다는 갈등을 위해 몸을 던졌다. 그들은 어울림이라는 소중한 단어를 애써 외면하고 있었다.

조금 전, 불자와 스님들이 뒤엉켜 싸웠다는 일주문을 지나 무소유의 땅, 부처의 동네로 들어섰다. 앞을 보아도, 뒤를 돌아보아도 초여름 숲은 더없이 아늑하고 비교할 수 없을 만큼 아름답다. 나무끼리, 가지끼리, 기대고 안아주며 더불어 공존하는 숲을 보면서, 때로는 말없는 나무가 말하는 사람보다 더 뭉클한 깨우침을 준다는 사실을, 나는 뒤늦게 깨닫는다. 천천히 선암사로 들어가며 나는 마음속으로 나무 이름을 하나하나 부르기 시작했다. 참

나무야, 삼나무야, 서어나무야, 작살나무야, 층층나무야, 굴참나무야, 단풍
나무야, 대나무야, 싸리나무야, 이팝나무야······.

선암사 숲길은 부처를 만나러 가는 길이지만, 다른 한편으로는 아름다운 풍
경으로 인도하는 길이기도 하다. 선암사로 난 흙길을 반쯤 지나면 작은 아
치형 돌다리가 나타난다. 한자로는 홍예교, 우리말로는 무지개다리다. 작

선암사, 26cm×61cm, 흙벽화 기법에 천연 안료, 2009

은 홍예교는 조금 있으면 선암사의 절경이 시작된다고 앞장서 알려주는 일
종의 전령이다. 작은 아치형 다리에 올라서면 이윽고 이보다 훨씬 장대한
또 하나의 무지개 돌다리가 시선 속으로 들어온다. 선암사만큼이나 유명한
승선교이다. 나라 안에서 이처럼 멋진 홍예교는……, 없다. 군계일학이다.
승선교를 조금 더 깊이 감상하려면 다리 밑으로 내려가는 게 좋다. 다리는
수면을 기준으로 정확히 반원을 그리고 있다. 물에 비친 모습까지 포함하

선암사 승선교와 다리 밑으로 보이는 2층 누각 강선루. 승선교는 '신선이 하늘로 올라가는 곳'라는 뜻이고,
강선루는 '하늘에서 신선이 내려오는 누각'이라는 의미이다. 불교의 세계로 들어온 도교적 공간이다.

면 완벽한 원이다. 조금 물러나서 보면 조형성과 균형미가 돋보이고, 가까이 다가가면 돌의 숨결이 느껴진다. 조지훈은 돌에도 피가 돈다고 했다. 석굴암을 두고 한 말이지만, 나는 그 진실을 승선교에서 확인한다. 저 다리를 만든 장인은 틀림없이, 다리가 놓일 장소를 꼼꼼히 살피고 지형을 연구했을 것이다. 풍경과 땅의 형태를 고려하여 다리의 규모와 모양을 결정했을 것이고, 마지막에는 돌 하나하나에 제 영혼을 걸었을 것이다. 돌덩이에 생명을 불어넣은 것이다. 그렇지 않고서야 어떻게 무생물에서 표정이 나오고 숨결이 느껴지겠는가? 다시 보아도 저 다리는 숨을 쉬는 것 같다. 겉으로 보면 그저 무생물의 돌다리이지만 내가 보기에 승선교는 제 안에 영혼과 세포를 품은 생물이다.

승선교. 관심을 갖지 않으면 그냥 지나칠 수 있지만 곰곰이 생각해 보면 의미가 깊은 이름이다. 글자 그대로 풀면 신선이 승천하는 다리이다. 가진 자의 여유인가? 산문을 한참이나 지났으므로 이곳은 틀림없이 부처의 세상인데 다리 이름은 천연덕스럽게 도교 식으로 지어 놓았다. 그리고 또 하나. 승선교 밑에서 시선을 저 앞으로 던지면 멋진 2층 누각이 보인다. 강선루이다. 신선이 내려와 노는 누정이라는 뜻이다.

수미상관법은 글 앞머리의 내용을 끝에서 다시 반복하는 문학적 구성법이다. 주로 시에서 많이 사용하는데, 첫 연을 시의 끄트머리에 반복해서 쓰거나 비슷한 구절을 다시 배치하는 게 일반적이다. 절을 감상하다 말고 밑도 끝도 없이 수사법 이야기를 꺼내느냐 하면, 승선교와 강선루가 이 표현법에 딱 들어맞기 때문이다. 비유하면 승선교는 시의 처음이고 강선루는 시의 마지막 구절이다. 승선교가 신선이 승천하는 곳이라면 강선루는 신선이 내려와 머무는 집이다. 승선교에서 자연을 즐기다가 천상이 그리우면 하늘로 올라가고, 다시 인간 세상을 잊지 못해 구름을 타고 강선루로 내려오고. 승선교와 강선루는 하나의 묶음이다. 물론, 둘은 여러모로 다르다. 하나는 석조 건축물이고, 하나는 목조 건축이다. 승선교는 장대하고, 강선루는 이름만큼이나 담백하고 소박한 2층집이다. 물리적으로 따져도 둘은 100미터 안팎의 거리를 두고 마치 견우와 직녀처럼 떨어져 지내고 있다. 그러나 둘은 하나이다. 하나이되 인간의 영역은 아니다. 부처의 땅이되 부처의 영역도 아니다. 이곳은 신선의 놀이터이다. 불교의 땅에 자리를 튼 도교의 세계이다. 선암사는 이렇듯 제 품 안에 철학이 상이한 도교를 넉넉하게 품고 있다. 선암사는 공존의 미덕을 스스로 증명해 보이고 있다.

승선교 주변은 이름에 걸맞게 신선이 노닐 만큼 풍경이 아름답다. 다리 아래로 내려가 강선루까지 눈에 넣고 나면 자연과 인공의 공존이 절정을 이룬다. 자연이 창조한 숲과 계곡, 사람이 만든 석교와 누각이 서로 조화를 이루며 담백하지만 극적인 풍경을 연출하고 있다. 나는 오늘의 목적지가 승선교인 양 다리 밑에 머물며 신선처럼 한참 놀았다. 바위에 누워 하늘을 올려다보기도 하고, 눈을 감고 생각에 잠기기도 하고, 그러다가 문득 생각난 듯 수첩을 꺼내 몇 자 적기도 하고. 언뜻 보니 이종송 교수는 승선교와 강선루를 한 프레임 넣고 신선의 놀이터를 열심히 스케치하고 있다.

선암사는 무척 큰 절이다. 하나하나 세어 보지는 않았으나 건물만 해도 40

선암사 해우소. 남녀 화장실이 한 공간에 있고, 배설 공간이 너무 개방적이어서 해우하기엔 좀 불편하다.

개가 넘는다고 하니 송광사나 해인사, 혹은 수덕사에 비견될만한 대찰이
다. 그러나 승선교를 빼고 나면 이름난 건축이 있는 것은 아니다. 공존의
숲길과 도교의 땅인 승선교 영역을 지나쳤다면 선암사 매력의 반을 본 것
이나 마찬가지이다. 벌써 반이나 지났느냐며 섭섭해 할지 모르겠으나 한발
물러서서 생각해 보면 선암사의 아름다움을 반밖에 보지 못했다는 이야기
도 되니 무작정 실망하기엔 아직 이르다.
강선루 지나고, 다시 숲길을 지나면 이윽고 선암사가 보인다. 여기서부터
절까지는 조금 거칠고 가파른 길이다. 따지고 보면 가파른 길도 아닌데 그

동안 워낙 완만한 길을 걸어온 탓에 그렇게 느껴진다. 밋밋한 언덕을 다 오르면 돌담 너머로 푸른 차밭이 펼쳐진다. 보성이나 강진의 그것처럼 반듯하지 않고, 이랑이 시원스럽게 달려 나가는 맛도 없어서 이게 무슨 차밭인가 싶을 테지만, 그래도 스님들이 몸 수양을 하여 만든 것이다. 봄철에는 울력 나온 스님들이 찻잎 따는 모습을 간혹 볼 수 있다. 차밭 둘레로 개간할 때 나온 막돌로 울타리를 쳐놓았는데 그 풍경이 제 멋대로 자란 차나무만큼이나 자유방임적이다. 일부러 가꾸지 않은 차밭과 일부러 꾸미지 않은 돌담이 서로 조화를 이루며 퍽이나 자유로운 풍경을 만들어 놓고 있다. 선암사는 절집이 대웅전을 중심으로 상하좌우로 확장되고 있다. 크게 보면 대웅전 영역을 비롯하여 네 개의 구역으로 나누어져 있으나 그 영역 사이의 구획이 사실은 애매모호하다. 나누고 구분하고 정리하는 게 서툴러서 혼란스럽게 보이기도 하지만 좋게 보면 그게 선암사의 특징이다. 독존보다는 공존을, 단절보다는 소통을, 분리보다는 통합을 구현한 절집, 그게 선암사이다.

1500년을 헤아리는 고졸한 절이지만 선암사 건축이 주는 감동은 그리 크지 않다. 지은 지 200년이 다 되었다는 대웅전은 겹처마에 팔작지붕이어서 웅장하기는 하나 부석사 무량수전이나 수덕사 대웅전에 비하면 조형미와 우아함이 한참 뒤쳐진다. 대웅전 앞마당을 지키고 있는 두 개의 삼층석탑도 양식이 익숙해서 반갑기는 하지만 그다지 깊은 감동을 주지는 못한다. 나머지 건축물도 거기서 거기다.

그래도 눈길을 끄는 절집이라면 해우소를 꼽아야 할 것 같다. 선암사 해우소는 시인 정호승 덕을 크게 입었다. 화장실 치고는 제법 격식이 있게 지은 탓도 있지만 정호승의 시 때문에 더욱 유명세를 탔기 때문이다. 정호승은 〈선암사〉에서 "눈물이 나면 기차를 타고 선암사로 가라/선암사 해우소로 가서 실컷 울어라//해우소에 쭈그리고 앉아서 울고 있으면/죽은 소나무 뿌리가 기어다니고/목어가 푸른 하늘을 날아다닌다/풀잎들이 손수건을 꺼내 눈물을 닦아주고/새들이 가슴 속으로 날아와 종소리를 울린다."라고 말한다. 아름다운 시다. 국내는 물론이고 나라 밖에서도 화장실을 이렇게 아름답게 표현한 시가 또 있을까 싶다.

타고난 에세이스트 김훈은 한술 더 뜬다. 그는 선암사 화장실을 배설의 낙원이라고 극찬을 한다. 그것으로 모자랐는지 아예 승주 지방을 여행하다가 똥이 마려우면 좀 멀더라도 참았다가 선암사 화장실에 가서 배설하라고 선동까지 마다하지 않는다. 그러면서 독자가 어찌할 도리가 없도록 이렇게 말뚝을 박아 버린다. "아마도 이 화장실은 인류가 똥오줌을 처리한 역사 속에서 가장 빛나는 금자탑일 것이다."

은유의 세계인 시를 곧장 현실로 받아들여 사족을 붙이는 것은 참 멋없는 일이긴 하지만 그래도 한 마디 하자면, 정호승의 시는 그냥 시일뿐이다. 누군가 그의 시를 읽고 실제로 울고 싶어서 선암사로 달려갔다면, 그는 틀림없이 당혹감을 감추지 못했을 것이다. 정호승의 말처럼 실컷 울만한 장소가 아닌 까닭이다. 선암사 해우소는 너무 개방적이다. 왼쪽과 오른쪽으로 구역만 대충 나누어 놓았을 뿐 사실은 남녀 화장실이 한 공간에 있는 것이나 마찬가지다. 게다가 칸막이가 어른 엉덩이 정도의 높이까지만 올라오고

대웅전 뒤편에서 바라본 선암사. 선암사는 우리나라에서 보기 드문 정원의 사원이다.
엄숙한 사찰이라기보다는 정원을 잘 가꾼 궁궐이나 고택 같은 분위기가 난다.

남자의 여행,
비우려고 떠나서
채우고 돌아오다

나머지는 휑하게 뚫려 있어서 쭈그리고 앉아 있으면 옆 칸 사람의 머리카락이 보일락 말락 한다. 설령 울고 싶어도 도무지 마음 편하게 울 수가 없는 구조이다. 김훈의 말처럼 배설의 낙원도 아니다. 개방적인 구조인 데다가 사람이 드나들 때마다 나무판이 삐거덕거리는 소리가 나서 해우, 즉 근심을 풀어버리기에는 영 탐탁하지 않다. 자연과 계절을 화장실 안까지 끌어들이고, 자연을 (혹은 배설물을) 자연으로 되돌려 보내는 자연친화적이고 생태적인 구조는 찬탄할만하다. 그러나 선암사 화장실은 해우의 은밀함을 즐기려는 인간의 심리까지 아우르지는 못하고 있다. 도무지 익명성이 보장되지 않는다. 조금 다른 이야기이지만, 해우소는 건물 양식도 조금 꺼림칙하다. 해우소는 선암사 건물 중에서 유독 일본 냄새가 진하게 풍긴다. 정면으로 보이는 박공(八자 지붕 밑에 八자 모양으로 붙인 두꺼운 널판) 모양이 그렇다. 선암사 해우소는 박공 때문에 형식이 낯선 왜색 건물이 되어 버렸다.

수미상관법을 끌어들여 다시 나무 이야기를 해야겠다. 숲길과 승선교와 거친 차밭이 선암사 밖의 매력이라면 사찰 경내의 빛나는 보물은 나무이다. 나라 안의 이름난 절이 대개 숲에 둘러싸여 있지만 정작 경내로 나무를 들인 절은 그다지 많지 않다. 설혹 나무를 들여도 잘 생긴 소나무나 느티나무, 배롱나무나 몇 그루의 정원수를 심은 게 고작인 경우가 대부분이다. 그러나 선암사는 참으로 아름다운 예외이다. 좀 심하다 싶을 만큼 나무가 부지기수다. 너무 많은 게 오히려 흠이 될 정도이다. 특히 대웅전 뒤쪽, 그러니까 원통전 영역과 삼성각 앞마당은 차라리 사원이라기보다는 고택의 정원 같다. 자산홍, 벚나무, 동백나무, 단풍나무, 매화나무, 석류나무, 은목

서, 은행나무, 사철나무, 영산홍, 소나무, 측백나무. 다양한 나무들이 얼마나 많은지 절집이 없었다면 수목원으로 착각할 지경이다. 나무들은 마당과 화단에 두서없이, 또는 줄을 맞춘 채 붉게, 혹은 푸르게, 더러는 연분홍 자태로 서 있다. 언뜻 보면 질서가 없어 보이나 덜 정리된 그 모습이 오히려 정겹고 자연스럽다.

나는 선암사에서 이 작은 수목원을 제일 좋아한다. 선암사에 갈 때마다 대웅전 영역을 외면하듯 지나쳐 곧장 수목원으로 간다. 마치 정원을 산책하듯 몇 번이고 왕복하며 그 공간을 즐긴다. 자산홍에 눈길 한 번 주고, 매화나무에게 눈길 두 번 주고, 그러다가 수문장처럼 장경각을 지키고 있는 측백나무를 올려다보고, 다시 삼성각 앞으로 가 승천하는 용을 닮은 와송을 오랫동안 감상하곤 한다. 그렇게 한동안 꽃과 나무에 취해 있다 보면 저절로 맑은 기운이 몸 안으로 들어와 구석구석으로 퍼져 나간다.

선암사는 공존의 절집이다. 나무와 나무가 상생하고, 도교와 불교가 공존하고, 절집과 나무가 통섭한다. 선암사는 공존으로 시작해서 공존으로 끝을 맺는다. 한갓 티끌 같은 소유를 위해 시정잡배처럼 싸우는 선암사를 미워하다가도 먼 길을 달려 다시 찾게 되는 이유가 여기에 있다. 처음부터 끝까지 공존의 아름다움을 웅변하는 절, 나는 그런 선암사를 잊지 못한다.

도움 받은 책

■ 도움 받은 책

감각의 논리, 질 들뢰즈, 하태환 번역, 민음사
거문고 줄 꽂아놓고, 이승수, 돌베개
거의 모든 것의 역사, 빌 브라이슨, 이덕환 번역, 까치
걷기예찬, 다비드 드 브르통, 김화영 번역, 현대문학
고사성어 인문학 강의, 윤지산, 디스커버리미디어
곱게 늙은 절집, 심인보, 지안
국보 이야기, 이광표, 작은박물관
김봉렬의 한국건축 이야기, 김봉렬, 돌베개
나의 문화유산답사기, 유홍준, 창비
노자·장자, 장기근·이석호 번역, 삼성출판사
다산 정약용 산문집, 허경진 번역, 한양출판
다산의 재발견, 정민, 휴머니스트
답사여행의 길잡이, 한국문화유산답사회, 돌베개
동문선, 서거정, 한국고전번역원
뒷모습, 미셸 뚜르니에, 김화영 번역, 현대문학
마곡사, 대원사
마을로 간 미륵, 주강현, 대원정사
만인보, 고은, 창비
매창 시집, 허경진 번역, 평민사

명산답사기, 김창협 외, 솔

목은집, 이색 외, 한국고전번역원

미학 오디세이, 진중권, 휴머니스트

백범일지, 김구, 돌베개

부석사, 김보현 외, 대원사

사랑의 단상, 롤랑 바르트, 김희영 번역, 동문선

산경표를 위하여, 조석필, 산악문화

살아남은 자의 슬픔, 베르톨트 브레히트, 김광규 번역, 한마당

삼국사기, 김부식, 이재호 번역, 솔

삼국유사, 이재호 번역, 일연, 솔

새벽에 홀로 깨어−최치원 선집, 김수영 편역, 돌베개

세한도, 박철상, 문학동네

성소부부고, 허균, 신호열 외 번역, 한국고전번역원

소설의 이론, 게오르그 루카치, 반성완 번역, 심설당

신증동국여지승람, 서거정 외, 성낙훈 외 번역, 한국고전번역원

아름다움과 숭고함의 감정에 관한 고찰, 이마누엘 칸트, 이재준 번역, 책세상

옛 그림 일기의 즐거움, 오주석, 솔

열하일기, 박지원, 김혈조 번역, 돌베개

우리가 정말 알아야 할 삼국유사, 고운기, 현암사

우리 역사의 여왕들, 조범환, 책세상

운주사, 이태호 외, 대원사

20세기 컬렉션 건축, 조나단 글랜시, 김우룡 번역, 동녘

자전거 여행, 김훈, 생각의 나무

장길산, 황석영, 창비

중국시의 세계, 최일의, 신아사

종횡무진 서양사, 남경태, 그린비

진중권의 현대미학 강의, 진중권, 아트북스

천등산 봉정사, 이효걸 외, 지식산업사

천상의 두 나라, 니코스카잔차키스, 정영문 번역, 예담

택리지, 이중환, 이익성 번역, 을유문화사

풀어쓰는 다산이야기, 박석무, 문학수첩

풍경의 발견, 강영조, 효형출판

한국과 그 이웃 나라들, 이사벨라 버드 비숍, 이인화 번역, 살림

허균평전, 허경진, 돌베개

화엄사, 정병삼 외, 대원사

* 편의상 참고문헌 형식을 따르지 않고, 도서명부터 가나다순으로 정리하였다. 시집, 소설,
잡지, 신문, 그 밖의 도움 받은 자료는 특별한 예를 제외하고는 생략했음을 밝힌다.